魔神殺しの
帰還勇者、
現代ダンジョンでも
無双する

アクアヴィータ
「トーゴ様……」

魔神殺しの帰還勇者、現代ダンジョンでも無双する

鏑木ハルカ

角川スニーカー文庫

24518

口絵・本文イラスト／トモゼロ
口絵・本文デザイン／ＡＦＴＥＲＧＬＯＷ

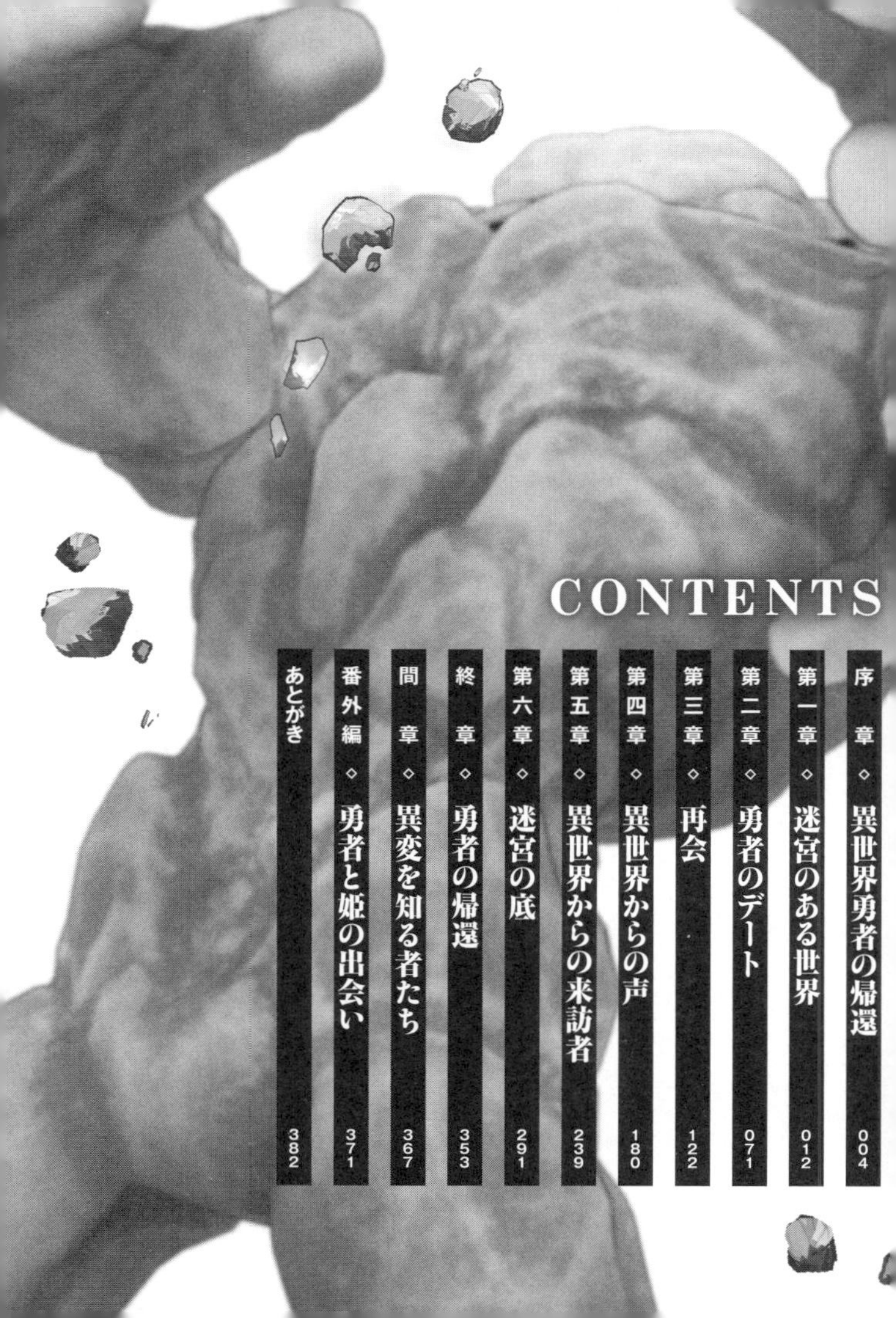

CONTENTS

序章　異世界勇者の帰還

荒野に二体の巨人が対峙《たいじ》している。

どちらも人間の大きさを遥《はる》かに超える体軀《たいく》。だが、その大きさも二体の間には明確な差があった。

片方の巨人は身長が五メートルほど。筋骨隆々とした体軀に、漆黒のオーラまで纏《まと》う、明らかな強者。

相対する巨人はさらに巨大だったが、その体型はまるで幼児が粘土で捏《こ》ね上げた人形のような姿をしていた。

動きも明らかに鈍く、小さな巨人の方が圧倒的に強かった。

「グオオオオオオオオォォォォッッッ！」

雄叫《おたけ》びと共に剛腕を一閃《いっせん》。大きな方の巨人の腹を半ばまで抉《えぐ》り取る。

しかし異変はそこから起こった。

バラバラに飛び散った巨人の腹が、瞬く間に再生されていったからだ。

飛び散った破片が意思を持つかのように巨人のもとに戻っていき、抉られた傷を埋めていく。そして何事もなかったかのように、戦い続けていた。

明らかに小さな巨人が強いにもかかわらず、無限に再生する大きな巨人に、小さな巨人は次第に疲弊していく。

やがて疲労が頂点に達したのか、小さな巨人が膝をついた。

その隙を見逃さずに、大きな巨人が小さな巨人を押さえ込んだ。

その横には一人の人間の青年が剣を持って待ち構えていた。

「ようやく、力を使い切ったか」

「人間……貴様……」

「悪く思うなよ、魔神ドラフィウス。お前は存在するだけで人類を滅してしまう。放置するわけにはいかないんだ」

冷酷な視線を向けてくる男に小さな巨人――魔神は諦めたように小さく息を吐《つ》く。

そして皮肉げな声を返した。

「それで、貴様はどうなる？」

「なに？」

「我を、神すらも打ち倒した貴様は……もはや人と呼べるのか？」

「…………………もう、関係ないさ。俺はこの世界から消える」

「なんだと？」

男の言葉に、魔神は驚愕《きょうがく》の言葉を発する。

魔神を打倒したこの男は、明らかに人間の域を超えた存在だ。欲深い人間の権力者たちが、この男を放置するはずがない。

そう考えての言葉だったのだが、男の答えは魔神の考えを超越していた。

「俺は……帰るんだ。だから、後のことは知らない。お前にも関係がない」

「どういう――⁉」

魔神の言葉は最後まで発せられることはなかった。

男の振り下ろした剣が、その首を刎《は》ね飛ばしたからだ。

やがて魔神の身体《からだ》は霞《かすみ》のごとく霧散していき、周囲に魔神の力が満ちていく。

「トーゴ様、どうしても……帰るんですか？」

「ペロル、すまない」

「わたしと結婚して子供を十人作る約束はどうなるんですかぁ！」

「そんな約束はしていない⁉」

戦場に現れた、幼い狐耳《きつねみみ》の少女。彼女の放った妄言に、思わず青年──トーゴは大声で反論してしまう。

無邪気で愛らしい少女は、戦場にはあまりにもふさわしくない容姿をしていた。

しかしこう見えても彼女は、この世界でも屈指の炎系魔術師だった。

そして彼女の後ろから、もう一人の楚々《そそ》とした女性がやってきた。しっとりとした銀髪の、触れたら壊れそうなほど儚《はかな》げな美女だ。

「トーゴ様、私もできればこの世界に残ってほしいんですけど」

「申し訳ありません、アクアヴィータ姫。俺には帰りを待ってくれている人がいるんです」

その断固とした決意を感じ取り、アクアヴィータ姫は言葉をなくす。

それでも、最後の一言だけは伝えたかった。

「私は……あなたをお慕いしておりました」

「知っています。ですが……」

「いえ、これ以上は未練ですね。この世界のために尽くしてくれたあなたに、何も返せないのは心苦しいのですが……時間がなさそうです」

「ええ。魔神の霧散する力を利用する。この機会を逃しては、俺が『日本』に戻ることができなくなる」

「あなたがこちらに来た時、約束しましたものね」

魔神を倒せば、日本に戻す手段がある。そのために手を貸す。そういう約束だった。

半信半疑だったが、時空を超えるために神の力を使うという意味では、納得できる話だった。

アクアヴィータ姫は途中で心変わりしてくれるのではないかと期待していたようだったが、トーゴは最後まで帰還を望み続けていた。

それは様々な理由が重なり合った結果だ。アクアヴィータ姫も最初は弟のように見ていたトーゴがたくましく育っていくにつれて異性として見るようになっていった。

同時に、彼に残ってほしいと思う気持ちも強くなっていく。

だが……

「約束……です、から……」

涙を流しながらも、アクアヴィータ姫は時空を超える魔法を起動する。

術式はすでに知られていたが、起動するための魔力が足りなかった魔法。

だが今、魔神の力が周囲に満ち溢《あふ》れている状態でなら、起動することができる。

この力はやがて世界へと広がり、世界に吸収されてしまうだろう。

だから、トーゴが日本に戻るチャンスは、この瞬間しかなかった。

「アクアヴィータ姫……いえ、ヴィータ様。俺もあなたのことが好きでしたよ」

「なら、残って……いえ、いいえ、そんなこと言ってはいけないのでしたね」

「すみません。でも……俺も伝えたかったんです」

「トーゴ様、わたしも――！」

「ああ、ペロルも好きだよ」

トーゴの言葉に、ペロルは涙を流しながらも、笑顔を浮かべた。

トーゴは腰に抱き着いてくるペロルの頭をやさしく撫《な》でる。彼女は三年前に助け出し、保護した子供だった。

そこは魔王が支配する領域だったため、安全な場所もなく、しかたなく連れ歩いていた少女だ。

魔王を倒した後も、魔王が呼び出した魔神を退治する先ほどまで、どれほどの危険があっても、決して離れはしなかった。

そして彼女はその道中、恩人のトーゴを慕い、トーゴの役に立つために魔法を覚え、自らを鍛え上げた。

その努力と才能は、トーゴから見ても尊敬に値する。

そんな一途《いちず》な少女に想《おも》われ、慕われて、嬉《うれ》しくないはずがなかった。

だが、トーゴには帰るべき場所があり、家族がいる。ペロルに近い年齢の妹だっていた。

故郷のことを簡単に切り捨てられるはずがない。

「さようなら、私の愛する人」

「ああ、さよならだ。俺のお姫様たち」

言葉と共に男の身体が薄れていく。

二人はトーゴの身体を抱きしめ……そしてその腕が空を切った。

男はすでに、この世界から姿を消していたからだ。

それを悟ったアクアヴィータ姫とペロルの慟哭《どうこく》が荒野に響く。

世界を救った勇者は、こうして世界から消え去ったのだった。

第一章 迷宮のある世界

八年という月日は長い。

それは世界のスタンダードが変化してしまうには充分な時間だ。

ビデオテープからＤＶＤへ、携帯電話からスマートフォンへ。それらに移行するまで八年の時間はかかっていない。

そう考えれば、世界に『ダンジョン』という存在が定着してしまうのも、あり得ない話ではないのかもしれなかった。


「グギャアアアアアアッ！」

「うっさいよ」

岩陰から飛び出してきたゴブリンを、俺は手に持ったバールで叩《たた》き潰す。

頭蓋を潰されたゴブリンはそのまま地面に叩きつけられ、数秒で塵《ちり》になって消えていく。

その跡には、薄く光を放つ青い石が残されていた。

「魔石、これで六個目だな」

ダンジョンに生息するモンスターは、死亡すると魔石を残す。

魔石は圧力をかけると特殊なエネルギーを放出する性質を持っている。

この魔石が出すエネルギーが次世代エネルギーとして注目され、政府や国際機関に高値で買い取ってもらえるのだ。

「まさか戻ってきたら、三百万も借金を背負う羽目になるとは……」

日本に戻ってきた俺——夏目刀護《なつめとうご》を待っていたのは、両親の死という情報だった。

そして、家族も親戚もいない中、唯一残された妹は保護施設から養子に出され、夏目姓ではなくなっているらしい。

異世界から素っ裸で戻ってきた俺を保護して、話を聞きに来た厚生労働省の高橋《たかはし》という男からそう聞かされて、目の前が真っ暗になった。

七歳の女の子に家の管理などできるはずもないので、俺の実家は現金に換えられていた。

つまり、俺は無一文の上に住む家もない、路頭に迷った状態になっていた。

「高橋さんには頭が上がんないよな」

そんな俺にダンジョンでの魔石回収という仕事と、当座の活動資金、それに住居を与えてくれた。

仕事の上での処置とはいえ、感謝の言葉もない。

さらに妹の美弥《みや》の行方《ゆくえ》まで調査してくれるというのだから、もはや足を向けて眠ることができない。

そうして当面の生活を整えてもらった俺は、借金を返すためにこうして毎日ダンジョンに潜っているというわけだ。

「グゲエエエエエエッ！」

「うっせぇっての」

再び陰から飛び出してきたゴブリンを一振りで屠《ほふ》る。

ゴブリンの魔石は一個一万円の買い取り価格が付いている。ただしそこから二割が国際機関である国際迷宮管理組合（ＩＤＭＯ）に、三割が厚生労働省に所属する日本迷宮管理課（ＪＤＭ）に徴収されることとなっていた。

つまり、俺の手取りは半分の五千円というわけだ。

それでも異世界における価値と比べたら、十倍以上の差がある。向こうじゃゴブリン一匹では、パンが一つ買えれば良い程度の価値しかない。

その後、俺は合計で十四以上のゴブリンを倒して、帰路に就く。

これで一日五万以上の稼ぎなのだから、探索者というのは本当に儲《もう》かる仕事だ。

しかし、探索者をしている人間は、日本ではあまり多くはない。

なぜなら、魔石を回収するには『モンスターを殺す』という行為が付きまとうのだから。

「日本人に『殺し』を生業《なりわい》にしろってのは、荷が重いよな」

異世界で魔王軍を相手取っていた俺は、息をするかのようにモンスターを殺してきた。

だから日本でも、忌避感を持つことなくモンスターを殺すことができる。

そんなことを考えながらダンジョンの出口に近付いた時、入り口付近にたむろしていた三人の男たちが俺に気が付いた。

「お、バールおじさんじゃない。元気にしてた？」

「バールおじさん、この前はありがとな！」

「バールおじさん、バール結構いいよ！」

「うっせぇ、おじさん言うな！　俺はまだ二十二歳だ！」

「えっ、マジで？　若っ!?」

彼らがそう勘違いするのも、まぁ理解はできる。

今の俺の格好は丈夫で動きやすいジーンズに革の上着、タートルネックの襟元を鼻先まで引き上げ、スキーゴーグルで目元を守り、ニット帽で頭を守っている。

顔面をすっぽり隠す様相で、初対面の人はかなり怖がるが、口元や鼻、目を守るのは返り血から呼吸や視界を守るためだ。

ギリギリの戦闘になった場合、一瞬の隙が命を奪うことに繋《つな》がりかねない。

こうして、顔を厳重に守るようにしているので、俺の顔を知らない連中が『オジサン扱い』するようになった。

気まぐれに人助けをした時に顔を晒《さら》さなかったのが、悪かったかもしれない。

「まぁ、無理はないが……」

ぶつくさ言いながら連中の前を通り抜け、ゴーグルや襟を引き下げながらダンジョンを出た。

その足で魔石換金所に向かい、受付のお姉さんに魔石を提出する。

「あ、夏目さん。いらっしゃい」

「こんにちは。今日もお願いしますね」

「はぁい。いつもありがとうございます！」

にこやかな応対にはそれなりに理由がある。毎日のように納品に来るから顔を覚えられただけだ。

もっとも、日本においてはこの『毎日』というのが重要になってくる。

毎日、ダンジョンに潜ってゴブリンを一定数殺して魔石を回収してくる人間なんて、実はあまりいない。

「今日もゴブリンの魔石だけなんですね」

「ええ、まぁ。怖いのは嫌ですから」

「ご冗談を」

コロコロと、鈴が転がるような笑い声を上げる。

毎日ゴブリンを殺してくる俺が『怖い』と口にするのは、確かに冗談に聞こえるだろう。

俺が第一層に出てくるゴブリンだけを相手にしているのは、連中がほとんど危険のない存在だからだ。

それでいて、借金を返していくのに充分な収入が得られるのだから、無理をする理由はない。

一日に十と数匹、それで金額にして五、六万以上は稼げるのだから、返済のペースとしては上等な部類だ。

「それにしても……まだバールなんですね、『バールおじさん』」

「やめてくださいよ、それ」

含み笑いを堪《こら》えながら、お姉さんが揶揄《やゆ》する。

俺がバールを武器に使っているのは、単に長くて頑丈で買い直しが容易だからである。

ゴブリンごとき素手でも倒せるのだが、さすがに手ぶらでダンジョンに入るのは、悪目立ちしてしまう。

かと言って、迷宮管理課が用意しているような真っ当な武器を買う金はない。少なくとも、最初の頃はなかった。

そこでホームセンターで代用できそうな物として見繕ったのが、バールだった。

「私としては、もっとしっかりした装備をしてもらいたいのですが？」

「いやぁ、お金がなくって」

頭を掻《か》いてみせるが、このやり取りが実に心地よい。

異世界では、妙に不愛想な受付嬢とか、こちらを狙う肉食獣のような目の女性給仕などが非常に多かった。

きちんとした服装で、折り目正しく、それでいて愛らしさもある。

日本に戻ってきて感動したのは、女性の清楚《せいそ》さと可愛《かわい》らしさだった。

アクアヴィータ姫やペロルだって非常に可愛らしい女性ではあったが、やはり母国へのひいき目というのもあるのだろうか？

「どうかしました？」

「いや、なんでも」

下心のある視線を向けていたなんて知られると恥ずかしいので、しらばっくれてみせる。

そんな俺の本心を知ってか知らずか、お姉さんは買い取り明細と現金をトレイに載せて差し出してきた。

「六万五千円になります、ご確認ください」

「はい、確かに。こっちの五万円はいつもの口座に入れておいてください」

「承知いたしました」

借金返済用の口座にいつもの金額を振り込んでもらう。残りの金は生活資金に使用するためだ。

高橋から最低限の支援はしてもらっているが、足りないことも多い。

武器や革のジャケットだって、消耗品みたいなものだ。予備を確保しておく必要はある。

「それじゃ、また」

「はい。明日もお待ちしておりますね」

そう言われて笑顔で手を振られ、一瞬『好意があるのでは？』と勘違いしそうになったのは、悲しい男の性《さが》だ。

まぁ、本気にならない程度の自制心は、俺だって持っている。

俺は軽く手を振って会釈を返し、部屋を出たのだった。

バールを腰にぶら下げ、帰りに夕食用の弁当を買いに寄り道をしていた。

普通の探索者なら、専用のケースに武具を収納しないと、街中で持ち歩くことはできないのだが、こういう手軽さは工具の良いところだ。

槍《やり》を始めとした長柄武器を使っている連中など、大変な苦労をしている。

「こういう時、モンスターの死体が消えるってのは便利だよな」

迷宮内で倒されたモンスターは、魔石を残して消え去る。

同時に返り血なども消え去るので、服や武具が汚れるということはない。

しかしそれらが受けたダメージまでは消えない。武器が曲がったり折れたり、服が破れたりは普通にする。

幸い俺は、ほとんど攻撃を受けていないため、服のダメージはほとんどない。

なので他に買うものもなく、自宅へと戻っていた。

帰宅して弁当を食べ、風呂から出たところで、スマホに着信があることに気が付いた。

ダンジョンに入る時に、マナーモードにしていたのを忘れていた。

「やべ、えっと……高橋さんからか？」

と言っても、俺のスマホに登録してある番号は、厚生労働省迷宮管理課の高橋か、地元の迷宮を管理しているあだし野市の迷宮管理局の番号しかない。

身体《からだ》を拭くのもそこそこにしてスマホに出ると、向こうから一か月ぶりの声が聞こえてきた。

「もしもし、夏目さんですか？　お久しぶりです。高橋です」

「お久しぶりです、夏目です」

「その後の調子はいかがですか？」

「ええ。おかげさまで順調ですよ。この調子なら結構なペースで返済できそうです」

今の俺は、月二十日潜るだけで月収百万円のペースである。

早ければ三か月後、ゆっくり見ても半年かからずに返済できると予想できた。

この高額収入を見込んで、高橋は俺に探索者を薦めたのだろう。

とはいえ、誰もがこのペースで潜れるのかというと、そうではない。

まず殺生に対する忌避感の薄さ、そしてゴブリン相手に傷一つ負わない戦闘慣れなどが重なった結果だ。

一般的日本人に、俺と同じペースを求めるのは酷と言える。

「それはよかった。あなたに探索者を薦めた甲斐《かい》がありましたね」

「ええ、本当に感謝してます」

当たり障りのない会話をしていると、どうも高橋の歯切れが悪いことに気付いた。

何か、話し辛《づら》いことでもあるかのように。

その予感は的中し、彼は電話口からでもわかるほど、申し訳なさそうに話し出した。

「それでですね、妹さんの美弥さんの話なのですが」

「所在がわかったんですか!?」

「ええ。連絡はついたのですが……美弥さんに『兄には会いたくない』と言われまして」

「ええっ!?」

美弥に『会いたくない』と言われた、その事実に俺はショックで目の前が暗くなった。

いや、でも……考えてみれば、それもしかたのない話なのかもしれない。

美弥にとって、俺は唯一の肉親になる。

だが同時に、美弥が一番苦しい時にそばにいなかった、それどころか家族が崩壊した原因になった人間でもある。

俺が行方不明になった後、両親は俺を探しにダンジョンのそばに近寄ったらしい。

そこでダンジョンからモンスターが溢《あふ》れ出て、結果として犠牲になってしまった。

兄の失踪と両親の死。そんな事件が立て続けに襲い掛かったのだから、美弥の悲しみがいかほどのものだったか、想像に難くない。

彼女が悲しんでいる時にそばにいられなかった兄が、今更戻ってきたと聞かされて、夏目の姓を捨てた彼女が会いたいと考えるだろうか？

俺としても、『どの面下げて会いに来た？』と言われたら、首をくくりたくなるだろう。

いや、今だって、すでに死にたい気分になっている。

「その、それは美弥から直接？」

「ええ、はい」

「そう、ですか……」

一縷《いちる》の望みをかけて繰り返した問いにも、高橋は容赦ない答えを返してきた。

それっきり、俺の口からは何の言葉も出なくなる。

高橋も、俺の悲しみを察したのか、しばし沈黙が返ってきた。

やがて沈黙に耐えられなくなったのか、『それでは、お気を落とさずに』と一言だけ告げて、通話を切った。

これで完全に、俺の家族はいなくなったというわけだ。

「無理に聞き出すことも可能だけど……くそっ！」

肉親に関する情報だ。そして別に家庭内暴力などの問題があって別れた家族でもない。

俺が強く希望すれば、所在を聞き出すことはできたかもしれない。

しかし美弥がそれを望んでいないと明確に口にしたのだから、強引な手段は取りたくなかった。

会いたくないわけじゃない。でも妹の希望を無視してまで、押し通すのは何か違う。そう兄としてのプライドが訴えていた。

「また、我慢しなきゃならないのか……」

少なくとも、兄が生きている、帰ってきたという情報は美弥に伝わった。

妹が嫌がることはしたくないというプライドを守る以上、後は美弥が心変わりをして、会いたいと言ってきてくれるのを待つしかない。

そう考えていないと、頭がどうにかなりそうな混乱のまま、俺は眠りについたのだった。


その日も俺は、迷宮内を無警戒に早足で歩きまわっていた。

ダンジョンに潜るようになって一か月。これほど雑な行動を取ったのは初めてだ。

もちろん無警戒なわけだから、隙だらけに見える。

ゴブリンどもがそれを見逃すはずもなく、三匹のゴブリンが岩陰から奇襲をかけてきた。

「ゲルルルァァァァッ！」

「やかましいわっ！」

俺は無警戒だったので、ゴブリンの存在には気付かなかった。

しかしゴブリン程度の敏捷《びんしょう》さでは、俺の不意を突くのは不可能だ。

バールを一振りして二匹をまとめて壁に叩《たた》きつけ、残る一匹に蹴りを入れて顔面を砕く。

そんな真似《まね》ができるのは、俺の身体能力が桁外れの数値を持っているからだ。

だが、残念ながら、俺のレベルはわずか1に過ぎない。

これはおそらく、異世界と日本では、測定される能力値が違うからだと考えていた。

「測定値に魔力がないとか、あり得ねぇだろ」

こんな『剣と魔法の世界』を具現化したみたいなダンジョンだが、国際迷宮管理組合の管理するデータに魔力という数値はなかった。

なぜかというと基本的に人間は魔力を持たず、魔法を使う場合はダンジョン産の魔石から魔力を引き出して使う必要があるからだ。

どうしてこんな面倒なシステムになっているのかわからないが、おかげで俺の魔力に関しては隠すことができていた。

「というか俺のステータスなんて、どれ見られてもヤバいんだけどな」

一般人のステータスはおよそ10程度。プロのスポーツ選手で14。16もあればオリンピックで金メダルが狙えるらしい。

そして、これがレベルアップごとに一割ずつ上昇していく。

だというのに、俺の異世界でのステータスはどれも２００台半ばから後半。魔力に至っては五桁に至る。

10が平均で２００のステータスと聞くと、とんでもなく高いように聞こえる。

しかし実際のところ、驚異的というほどのステータスではない。

２００を超えるのは、一般人でもレベル32を超えれば可能となる。

そして現在、世界最高のレベルを持つ者が32らしい。

ステータスは最大のものが２９５らしいので、計算上では初期は14ということになるはずだ。

ちなみに日本人の最高レベルは29。ステータスは２００台前半だそうだ。

「プロ並みの一般人が探索者やってるってことか」

日本人に至ってはメダリスト級の人材を参戦させている。

それでも世界の最前線には、遥《はる》かに手が届いていない。

迷宮管理課の高橋が俺の素性を不問にして探索者に推したのも、この辺りが理由だろう。

俺のステータスはこの世界で最強レベル。だが圧倒的とまではいかない。

それもこれも、本来俺は魔法特化。それも一芸特化型の勇者だったからだ。

当時はおかげで、俺の力の真価を知らない連中から散々『ハズレ勇者』と揶揄《やゆ》されたものである。

その時の苛《いら》立《だ》ちを思い出し、さらにストレスを感じる。

「ああ、クソッ！　さらにムカついてきたぞ」

ガンガンと地面を蹴り飛ばし、怒りを表明する。

俺がここまで怒っているのも、昨夜《ゆうべ》妹に再会を拒否された一件が尾を引いているからだ。

その鬱憤を晴らすためにわざと無警戒に歩き回り、ゴブリンに憂さを叩きつけているのだから、わりと外道なことをしている自覚はある。

自覚がありながらも止《や》められない。そんな心理状態に、俺はなっていた。

「きゃあああああああっ!!」

突然、若い女性の悲鳴が聞こえてきた。いや、若いと思われる女性の悲鳴か。

ダンジョン内は無法地帯で、探索者に性別制限などはない。

女性がダンジョンに潜る事例も結構な数が存在する。

俺がこれまでに助けた探索者にも、女性は少なからずいた。

「それにしても、可愛《かわい》らしい悲鳴だな」

そんなことを考えながらも、足は最速で悲鳴の方角に向かっていた。

異世界ではもっと切羽詰まった悲鳴をよく聞いていたし、ペロルなどはよく『うぎゃあああああ！』と叫んでいたものだ。

もう少し可愛い悲鳴を出せないかと、散々口にしていた。いつもの声は可愛いのに。

一か月と少し前の話なのだが、懐かしく思いながらも現場に駆け付けた。

女性でなくとも、襲っているゴブリンを相手に憂さを晴らそうという心積もりだったが、
俺の目の前では想像と違う光景が展開されていた。

無残に斬り裂かれた若い女性、いや、少女。その周囲を幾重にも取り囲む骸骨の姿。

それはこの迷宮にも存在する、スケルトンというモンスターだった。

「スケルトン⁉　こんな浅い階層に？」

先ほど聞いた悲鳴は、彼女が斬り裂かれた時のものだったのだろうか。すでに意識を失っているようにも見えた。

いや、もはや手遅れの可能性も……

そこまで考えた時、少女が呻《うめ》き声を上げていることに気が付いた。

「いや、まだ生きてる！」

第一層というと安全に思われるかもしれないが、そう言い切れるのは俺のように経験を積んだ者だけだ。

ゴブリンの身体能力は、十歳程度の子供と同程度。だがそんな子供でも、棍棒《こんぼう》を振り回して殺意を持って襲い掛かってくるとなると、話は変わる。

苦痛に慣れていない日本人が足を強打されて転倒し、起き上がる前に一方的に殴り殺されるという事案は、多少なりとも存在した。

戦いに慣れてなく、ある程度経験を積んで甘く見る。そういった時こそ最も危ない。

このタイミングが最もよく訪れるのが、この一層に慣れてきた頃だった。

「そこをどけ！」

彼女を囲むスケルトンを、俺はバールで薙《な》ぎ払う。バラバラになって吹っ飛んだスケルトンは、その先で再び身体《からだ》を形作る。

そもそも一層に出現するモンスターは、ゴブリンだけ。スケルトンは五層以下でないと出現しないと言われていた。

なぜこんな場所にスケルトンが存在しているのか？　それは確かに謎ではあるが、今はそれどころではない。

ここに集まっていたスケルトンは十体以上。強さといい、数といい、初心者らしき少女一人では手に負えない相手だ。

「チッ、やっぱ数が多過ぎるな」

少女のそばまで駆け抜けると、そこで彼女を守るようにバールを構える。

少女の意識はまだ残っていたが、朦朧《もうろう》としているようだった。明確に意識があるわけではなさそうなので、とりあえず良しとする。

俺は鉄球を三つ、ポケットから取り出し、足元に転がした。

「――【召喚】！」

異世界で俺の力となった、錬金術。その中でも最も得意とした術が――これだ。

俺の前に立つ三体のゴーレム。複数のゴーレムの同時制御。それが俺の力だった。

「お前は彼女を守れ。残る二体は俺と一緒に掃討戦だ！」

本来なら人に見せられる能力ではない。この世界でも魔法は再現されているが、ゴーレムを操るような魔法はまだ確認されていない。

それを三体。異世界でも『一流の錬金術師ですら二体が限界』と言われていた。

「でぇぇぇぇぇいやあぁぁぁぁ!!」

気合一閃《いっせん》。バールを脳天に叩き落とす。

スケルトンは防御態勢を取ろうとしたが、掲げた小盾ごと叩き潰す。

バラバラにした程度では再生してしまうので、骨ごと粉々にするのがスケルトンの有効な対処法だ。

神聖系魔法を使えるのなら、こういった『アンデッド系』を浄化する魔法も使えるのだが、物理的に倒すならこういう手段が一番手っ取り早い。

俺と同様に、ゴーレムたちもその質量に任せてスケルトンを圧殺していった。


ゴーレムを解除して触媒に戻すと、俺は少女のそばに膝をつく。

「大丈夫か？」

「うぅ……」

俺の言葉に、彼女は呻き声だけで返事をする。意識はあるがまだ朦朧とした状態のようだ。

おかげでゴーレムを見られた可能性は少ない。ともあれこの出血はかなり危なかった。

俺は錬金術なら一流だが、治癒魔法は小さな傷を治す程度の生活魔法しか使えない。

だが俺には溢《あふ》れかえるほどの魔力がある。何度も何度も重ね掛けして、強引に出血を止めてみせた。

他に傷がないか、彼女の身体を抱き起こして確認をする。その際にやはり直接目にする必要があるため、服をはだけさせていた。

そこで彼女はようやく意識がはっきりしたらしい。

「ん？　うぅ……あ、えぇっ⁉」

「あ、目が覚めた？」

「あぐっ⁉」

傷口は塞いでいるが、完治したわけではない。骨に異常はなかったけど、筋肉はまだ断裂している個所もあるはずだ。

それが苦痛を招いたのか、彼女は俺から離れると同時に身体を押さえてうずくまった。

「あー、そっか。安心して、俺は別に君をどうこうしようとは思ってないから」

「あの……た、助けて、くれたん、ですか？」

「ああ」

恐怖から引き攣《つ》った声で尋ねる少女に、俺はできるだけ優しく笑みを浮かべてなだめる。

「それにしても、どうしてこんなところにスケルトンが？」

「わからないんです。地面が光ったと思ったら、その時にはもう……」

「地面が光った？　転送トラップかな？」

ダンジョンの中には空間を捻《ね》じ曲げる罠《わな》も存在する。本来は侵入者を不明な場所に送り込む罠だが、逆にモンスターを特定の場所に送り込む罠もあった。

「それはそれとして、君みたいな女の子が一人でこんな場所に来るのは感心しないな」

「ごめんなさい……」

差し出した俺の革の上着を着込んだ彼女は、しおらしくその場で正座して話を聞く態勢を取った。

そんな彼女の様子を見て、俺も少しばかり嗜虐《しぎゃく》心が刺激されてしまったようだ。

無駄に説教臭い気分になってしまった。

「だいたい若い女の子が不用心に、こんなダンジョンなんかに来るもんじゃないだろ?」

「でも……」

ダンジョンに入るということは、命の危険と同時に無法地帯に足を踏み入れるということでもある。

特に若い女性の場合、命の危険だけで済まない可能性だって存在した。ゴブリンは女性を襲うこともあるのだ。

「でも……でも、どうしても……お金が必要だったんですぅ。うわぁ〜ん!」

少し責め過ぎたせいか、彼女はついに泣き出してしまった。

俺もここに至ってつい言い過ぎたと理解して、慌て始める。

「あ、いや、君が悪いというわけじゃなくて、いや悪いんだけど、その」

「ふぇぇぇぇぇぇぇん！」

一向に泣き止《や》まない彼女に、俺は全面降伏を決断した。

正座する彼女の前にうずくまり、土下座して頭を下げ続けたのだった。


「ごめん、言い過ぎた！　君がどんな理由で潜っているのか知らないんだから、さすがに干渉し過ぎだった」

「ふぐうううぅぅぅ」

「本当にすまない。俺も今はちょっと気が荒《すさ》んでて、つい言い過ぎてしまったんだ」

平身低頭で謝り続けると、ようやく落ち着いたのか、彼女は泣き止んでくれた。

落ち着いた彼女は涙を拭きながら、俺に感謝と謝罪を告げてくる。

「すみません、助けてもらったのに泣いちゃって」

「いやぁ、俺が言い過ぎたのも事実だから。状況を考えたら、説教するより先に慰めるべきだった」

「うっ、ぐぅ……」

互いに謝罪しあってから、俺は立ち上がる。そして彼女の上着の前を締めさせてもらった。さすがに目の毒な光景が広がっていたのだから。

「えっ、あの……」

「このままだと、俺が犯罪を犯してるみたいに見えるしね」

スケルトンに斬り付けられた彼女は、上着が見るも無残な状況になっていた。

その被害は下着にまで及んでおり、先ほどから見えてはならないものまで見えていて、非常に自制心を要求されていた。

「あ、あの、いいんですか？」

「いいよ。それに安物だから返さなくてもいい」

「でも……」

「いいって。どうせそこらのホームセンターで買った安物だからさ。遠慮しないで」

「そうなんですか……あ、私、佐藤環奈《さとうかんな》っていいます。あだし野高校の――」

「待った。安易に個人情報を晒《さら》すのはよくないよ」

「そうでした!!」

彼女はどうも育ちが良いらしく、警戒心が薄い性格のようだ。

しかしこれだけ素直な少女なら、こちらも好感が持てる。顔だちも愛らしいし。

「できればお名前を……えっと、バールおじさん？」

「違う、その名前で呼ばないで⁉　ゴホン、俺は夏目刀護。まだ1レベルの探索者だ」

彼女にまでそう呼ばれ、俺は反射的に叫んでいた。

その声に反応して彼女も亀のように首を竦《すく》める。その仕草に俺は自分の格好を思い出した。

口元まで覆った襟を下げ、ゴーグルも首元まで引き下げる。

ニット帽も取り去って、俺は素顔を晒した。

「えっ、意外と若――あ、その、えっと、1レベル？　私と同じなのに、あのスケルトンの群れを撃退できたんですか⁉」

俺の素顔に驚きの声を漏らしつつも、俺の言葉に感嘆の声を上げる。

彼女は朦朧とした状態だったので、ゴーレムの姿を見ていない。だから俺が一人でスケルトンの群れを追い払ったと思っているらしい。

まぁ、身体能力ごり押しでもできなくはないので、否定はしないでおく。

「戦闘なんて、結局のところどれだけ思い切った行動が取れるか、だからね」

容赦なく、敵を叩き伏せられる冷酷さ。これは戦闘において非常に重要なアドバンテージとなる。

逆に敵に情けをかけてしまう性格だと、その隙を突かれて命を落とす危険があった。

「そう、ですね。私も探索者になったのに、ゴブリンすら倒せなくって……怯《おび》えて手が止まっちゃうんです」

「あー、それは危ない。一番よくある敗因かも」

「今日、身に染みてわかりました」

「今度から気を付けてね」

そう言うと彼女を立たせ、入り口へと案内する。

ダンジョン内は治外法権が敷かれていて、日本の法律は通用しない。

つまり女性を襲っても、日本の法律では裁かれないということになる。

だから俺が護衛代わりに彼女を送ろうという考えだった。決して可愛《かわい》い女の子にもう少し癒やされたいと考えたわけではない。少しだけ考えたけど。

「あ、あの！」

「ん？」

そんな下心がバレたのかと、俺は緊張した顔で振り返った。

「ごめんなさい、あの……」

「ああ、そうだね。ゴメン、ちょっと早かったね。ゆっくり行こうか」

「はい！」

彼女も怪我《けが》が完治したわけではない。俺の歩調に合わせるのは、苦しかったのだろう。

俺としてものんびり彼女とお話できるのは、悪い気分ではない。

妹の美弥との関係がこじれている現在、美弥と同年代らしい彼女と話ができるというのは、妹と話しているような気がして少しだけ癒やされたのかもしれない。


環奈ちゃんを保護した俺がダンジョンの入り口に到着すると、門を守っていた警備員が驚いた顔でこちらに駆け寄ってきた。

おそらく彼女の格好を見て慌てたのだろう。

俺は手早く環奈ちゃんが襲われていた時の状況を警備員に話し、警備員は彼女にも確認を取る。

引き裂かれ、血の付いた服を見れば何かがあったのは一目瞭然なので、事情聴取のため彼女は連れられていった。

念のため、俺も施設内で待機しておくように言われたので、先に着替えを済ませておくことにした。

この迷宮施設では、探索者の荷物を預かるロッカールームやシャワーも存在する。

危険な武器を持ち歩く探索者にとってロッカールームはありがたいし、激しい戦闘の後で汗を流せるのもありがたい。

着替えを済まし、軽くシャワーで汗を流したところで、環奈ちゃんが戻ってきた。

魔石を換金するついでに、彼女と同行してからの分も、公平に分けておく。

金に困っている身であるが、毎日の収入が安定しているので、その程度の余裕はある。

「いいんですか？」

「うん、これは同行してからの分だけだから、遠慮せず受け取って」

彼女も金に困っていると言っていたので、この程度なら問題ないだろう。

受け取った彼女は目を潤ませて、感謝する。

「あ、ありがとうございます！　助けていただいた上に、こんなに」

「この程度なら、気にしないで」

「夏目さんも借金があるって言ってたのに」

「バラさないで⁉」

会話に交ざってきた受付のお姉さんに、俺は慌てて反論する。

年下の可愛い女の子にカッコつけているところなんだから、無様な俺の実情を知らせないでほしい。

プライバシーとか守秘義務はどうなっているんだ？

「失礼しました。でも夏目さん、未成年に手を出しちゃダメですよ？」

「そういうつもりはありませんって！　妹がいるんで、そんな感じで」

「妹、ですか……」

なぜか不服そうな声が聞こえてきたが、気のせいだと思っておく。

お姉さんも楽しそうに笑いながら――まぁ、少し意地悪そうだったが――俺たちのやり取りを見ている。

「そうだ夏目さん、今日勤務が終わったら――」

「あ、夏目さん。よかったら今日のお礼にお茶でもいかがです？」

「うん？　別にいいよ」

受付のお姉さんの言葉にかぶせるように、環奈ちゃんがそう提案してきた。

あんな目に遭った後だから、一人で帰るのが怖いのかもしれない。

落ち着くまで一緒にいてやるのも、できる男の気配りというものだ。

それに日本に戻ってから女っ気のなかった俺にとって、数少ない潤いと言える。

「よかった。じゃあ着替えてきますので」

「ああ、入り口のところで待ってるよ」

ダンジョンの入り口は、それを覆うように建物で囲まれている。

ここ魔石換金所も、その建物内にある一室だ。

今言った入り口とは建物の入り口のことを指している。

それはそれとして、お姉さんも何か言っていた気がするので、彼女の方を振り返った。

「あ、ところでさっきなにか？」

「いえ、なんでもありません」

「そうですか？　でもさっき――」

「なんでもありません！」

「そ、そう？」

突然怒り出したお姉さんに首を傾《かし》げつつ、俺は換金所を出た。

環奈ちゃんを待たせたら悪いという考えからだったが、なぜか背後から奇妙な圧を感じて、背筋が寒くなったのだった。

建物の入り口で環奈ちゃんと合流した俺は、彼女に小さな喫茶店に案内された。

本来なら男の俺がエスコートするのが甲斐性《かいしょう》なのだろうが、まだ周辺の土地勘がないので今回はしかたないと諦める。

せっかく可愛い娘にお茶に誘われたのに、店を知らないとはなんとも情けない。

今後は周辺の地理に関しても、学んでおく必要があると心に決めておいた。

店内の一席に着き、コーヒーと軽食を頼んで一息吐《つ》く。

「はぁ、なんだかいつもと勝手が違うねぇ」

「そうなんですか？」

向かいの席の環奈ちゃんが、不思議そうに首を傾げる。

正直、俺一人が定食屋で飯をかっ食らうのと、今の状況では大きくシチュエーションが違うので、緊張してしまうのは勘弁してもらいたい。

俺は彼女の疑問に、愛想笑いだけ返してごまかしておく。

「それで？　何か相談があるんじゃないの？」

「うっ、そ、そんなことは……」

『お礼にお茶でも』と誘われたけど、その時の彼女の表情は『相談事がある』と雄弁に語っていた。

正直言うと、俺の方が相談に乗ってもらいたいくらいの状況なんだけど、これくらいの少女が悩んでるなら力になってあげたいと思うじゃないか。

「まぁ、言いたくないなら別にいいんだけど、話くらいならいつでも聞くから」

「あうぅ……それじゃ、お言葉に甘えまして、相談に乗っていただけますか？」

「どうぞどうぞ」

年上の余裕を見せながら、優雅にコーヒーなど啜《すす》ってみせる。

でも内心は、『俺じゃ力になれないことの方が多いんだけど』と考えていた。

とかく今の日本は金がなければ何もできないのだから。暴力なら自信があるんだけどな。

「私はあだし野高校って学校に通っていまして」

「うん、さっきそんなこと言ってたね」

「あだしの高校は全国でも珍しいダンジョン科があるんですよ」

「へぇ、初めて聞いた」

「結構有名なんですけど……」

ダンジョンのある世界になったのだから、それに対応する学科ができてもおかしくない。

ダンジョンができたのは八年前なので、そろそろ体制も整ってきたというところか？

もっとも最近日本に戻ってきたばかりの俺に、その辺りの常識はなかった。さっきまで。

今の俺の余裕な態度は、いわば『知ったかぶり』である。

「でも君みたいな女の子にダンジョンは……正直向いてないんじゃないかな？」

聞いた話では、彼女はゴブリンに怯えて攻撃の手が竦むというようなことを言っていた。

優しい性格ゆえのことなのだろうが、ダンジョンという生死をかけた戦いの場ではデメリットでしかない。

「はい、私も自覚はあるんです。でも……」

「でも？」

「恥ずかしながら、私の家はあまり裕福ではなくて。ダンジョン科に入るといろいろと便宜を図ってもらえるんです」

「便宜っていうと？」

「学費の免除とか……」

「ああ、お金の問題ね」

「それに魔石の買い取りもしてもらえますから」

日本は魔石の収集に出遅れている。これは探索者が長続きしないのが原因だ。

命のやり取りを日常的に行うには、今の日本人は優し過ぎる。

俺のように、選択肢のない特殊な状況に陥れば、話は違うのだろうけど。

「でも、どうしても、生き物に殴り掛かるという行為に抵抗が……」

「優しいんだね」

「そう言ってもらえると、少しだけ元気が出ますね」

だがその優しさは、ダンジョン内では無用の長物だ。

優しい彼女にとって、ダンジョンは過酷な環境だろう。

「それで一人で特訓するつもりでダンジョンに潜っていたと？」

「はい。バー……夏目さんにはお世話になりました。今では浅はかなことをしたと反省してます」

今、一瞬『バールおじさん』と言いかけたことは、聞かなかったことにしておく。

俺のイメージ、そんなに広がってるのか……？

「それで、ですね。よろしければ、夏目さんにコーチしてほしいと思うんです！」

「は？　コーチ？」

「はい！」

両手をグッと握りしめ、思わず立ち上がった彼女の姿は、微笑《ほほえ》ましいの一言に尽きる。

しかしコーチと言われても、俺に何ができるというのだろう？

「俺がコーチを引き受けたとしても、生き物を殺すことに違いはないよ？」

「それは、そうですけど……」

戦い方を教えるのは、別に難しいことじゃない。少なくとも、ゴブリンをあしらえる程度の知識や心構えは教えられるはずだ。

しかし、魔石の回収を目指す以上、モンスターを殺すという行為は付きまとう。

そこに難点を抱える彼女を鍛えるのは、かなり難しいと言わざるを得ない。

「うーん……」

しかし、せっかく頼ってくれたのだから、力になりたいとも思う。

「佐藤さんはモンスターを攻撃できるのかい？」

「えっと、殴り掛かるまでは……でも感触が……」

「あー、ねぇ」

肉を殴る感触、骨を砕く感触。これを心地よいと感じる人間は、さすがにお付き合いを遠慮したい。それは俺でも同じだ。

彼女もそこに忌避感を覚えてしまったらしい。

「殴るのが苦手なら、斬るとか？」

「それもちょっと……」

「ダメだった？」

「はい」

まぁ、殺傷力は刃物の方が高いわけだし、試していないはずがないか。

なら……

「弓、とかどうかな？」

「弓ですか？」

ダンジョン内のモンスターは『位相』という不思議な現象に守られている。

それを突破する能力を持つ者が、探索者になれるわけだ。

ダンジョンに軍隊が通用しないのは、その才能を持つ者がそれほど多くないのと、銃火器では位相を突破できないからだ。

位相を突破する条件は、その才能を持つ者が直接攻撃するかそれに準ずる攻撃を行うこと。


人の手を介さない攻撃は、ほぼ位相によって無効化される。

その境界が、弓と言われていた。

弓は攻撃が通る。クロスボウになると通らない。銃はもちろん、擲弾《てきだん》や爆弾、トラップなども無効だったらしい。

だが俺のゴーレムは通用する。不思議な話だ。

「うん。弓ならぎりぎり、攻撃が通るって話だし」

「でも、使ってる人はあまりいませんよね」

「そりゃあ、使いこなせる人が少ないからね」

探索者になれる確率は統計上では人口の一割ほど。弓を使いこなせる人材となると、さらに少なくなる。

「佐藤さんは弓は使えるかな？」

「中学の時に、弓道を少し。高校に入ってからは、全然ですけど」

「やめちゃったんだ？」

「家計の方が、その頃から……」

「ああ、ゴメン。余計なこと聞いた」

しかし探索者で、しかも弓が使える。そういう意味では、彼女は稀有《けう》な才能を持つエリートと言えなくもない。

「うん、それじゃ、今後は弓を主体にして戦ってみよう」

「でも、弓じゃ近付かれたら危ないいんじゃ？」

「しばらくは俺が一緒にダンジョンに潜ってあげるよ。あ、俺も一緒でいいかな？」

「それはもちろん！　むしろありがたいくらいです」

バンとテーブルに手をついて、こちらに身を乗り出してくる。その勢いに俺はやや身を仰《の》け反《ぞ》らせた。

この反応、異世界に置いてきたペロルのことを思い出す。彼女もこんな勢いで俺に迫ってきたものだ。

最近はお淑《しと》やかな日本女性を堪能していたが、こういった彼女の反応も異世界の懐かしさを感じられる。

「じゃあ、明日の……授業終わってからとか？」

「そうですね、夕方五時くらいから二時間程度なら」

短いように思えるかもしれないが、ダンジョンに入ってすぐのゴブリンを数匹なら、充分に倒せる時間だ。

俺もいつもは三時間から四時間程度しか潜っていない。

「そういえば弓は持っているの？」

「はい、和弓ですけど」

「それだとちょっと扱いづらいかもね」

和弓は二メートル以上もある大弓で、ダンジョン内ではあまり適当とは言い難い。

それに連射も利かないため、複数が相手では物足りない武器だ。

「適当でいいなら、俺が用意するけど？」

「お願いしても良いですか？　あ、連絡先、交換しましょう！」

「いいの？」

女子高生とアドレス交換とか、なんだか逆に不安な気持ちになってしまう。

お巡りさん、俺は無実です。

「ええ。そうしないと、急な予定変更とかにも対応できませんし」

「まぁ、佐藤さんがいいなら、別に問題ないか」

向こうから言い出してくれたことだし、特に犯罪になるようなこともない。

しかしこんなことに気を使わないといけないようになったとは、俺も本当に『オジサン』になってしまったのかと心配になる。

「じゃ、ちょっと待ってね」

俺はスマホを取り出し、そこにある番号を彼女に提示する。

彼女はそれをスマホに登録して、俺に笑顔を向けた。

「これでいつでも連絡できますね」

「ああ、俺は他に仕事もしてないから、いつでも気にせずかけてきていいからね」

「はい、よろしくお願いします！」

もともと体育会系だったからだろうか、とても元気がいい。

初めて会った時の泣きじゃくっていた彼女は、やはり緊急事態だったからだろう。

こういう朗らかな態度はとても好感が持てる。アクアヴィータ姫は平時ではおとなし過ぎたし、ペロルは油断するとベッドに連れ込まれかねなかったのだから。

ダンジョンを出た後、俺は環奈ちゃんの弓を用意するために近くの武具店に足を向けた。

探索者用の武具を扱っている店は、意外と多い。

しかし非常に殺傷力の高い武器を置いているため、きちんと警備がつけられているし、迷宮管理課の認可もいる。

俺は入り口で探索者の資格証を見せ、店内に足を踏み入れた。

「こんにちは、初めてのご来店ですか？」

「いえ、久しぶりです。それで、弓を見せてほしいんですが」

「弓ですか、あまり使う方はいらっしゃらない武器ですね」

言いながら、棚の一角を指し示す。

そして、ちらりと店員が俺の腰のあたりに視線を向けたのを、見逃さなかった。

そこにはベルトにぶら下げられたバールがある。

まぁ、しかたない反応か。

「初心者が使える物が良いんですけど」

「そうですね、それだとこちらがお薦めです」

店員が示したのは、シンプルなカーボン製の弓だった。

環奈ちゃんの筋力だと、引きやすいコンパウンドボウの方がいいのだろうけど、コンパウンドボウだと位相を突破できない。

おそらく滑車やなんかの機構が、位相突破の条件に引っかかってしまうのだろう。

「いくつか引いてみても？」

「ええ、どうぞお試しください」

店員に許可をもらったので、俺は最も軽そうな弓を手に取ってみる。

カーボン製なおかげか、見た目ほど重くはない。

弓弦を借りて弦を張り、軽く引いてみるが少しばかり彼女には重いという感覚を得た。

「うーん、少し重いですね。これより軽い物は？」

「申し訳ありません。これ以上軽い物は殺傷力に問題が出るかと」

「デスヨネー」

俺の腕力ステータスなら問題なく、というか軽過ぎるくらいの弓だが、一般的な女子高生と変わらない環奈ちゃんにとっては、少し重いだろう感触。

これだと二時間も持たず、途中でバテてしまう可能性もある。かと言ってこれより軽いと、威力的に問題がある。

「とりあえず弓は置いといて矢の方を見せてください」

「はい」

最悪自分でホームセンターに行って材料を買い、自作した方がいいかもしれない。

見かけは少し不格好になるが、異世界では現地調達で武器を作ることも多かった。

そうしていくつかの商品を眺めていると、小さな鉄球を売っているのが目に入った。

「これは？」

「それはスリング用の球ですね」

スリングというと、投石紐《ひも》を使った物と、強力なゴムで射出する物がある。

後者は特にスリングショットと呼ばれることが多い。これはそれ用の弾丸ということだ。

「鉄球か……それも真球に近い」

「ええ。形が不揃《ふぞろ》いですと命中精度に問題が出てしまいますから」

「これももらえますか？」

「はい」

俺が持つゴーレム作成能力には、真球に近い物質が触媒として必須になる。

異世界では最高品質の触媒を万単位で持っていたのだが、こちらに帰ってくる際に全て置いてきてしまっていた。

それにこのままでは触媒として使えないので、加工が必要になる。

加工するのはもちろん俺なのだが、それは追々やっていけばいいだろう。

結局矢を十数本購入し、直径一センチ程度の鉄球を数十個買って帰宅することとなった。


自室に戻ると鉄球に魔力を込める作業を始めた。

本来なら俺の力を全力で発揮するためには、もっと早くから始めないといけなかった作業である。

しかしメンタル的な問題も含め、あまり進めていなかった作業だった。

「今のところ完成した触媒は三つ。考えてみれば、日本の技術力なら真球を作るってのは簡単だよなぁ」

魔力を込めた鉄球を眺めて、ポツリとそう呟《つぶや》く。

異世界では真球を作れる鍛冶師というのは、なかなか見つからなかった。

だが日本の技術力ならば、真球に限りなく近い球を大量に作り出すことができる。

問題は触媒に使える高位の魔力素材が存在しないことだが、そこは普通の鉄球の数を集めて補うとしよう。

今日の環奈ちゃんの一件のように、急を要する事態というのは起こり得る。

備えておいて損はないはずだった。

そこでふと思いついたことがあった。

「これ、ひょっとして使えねぇかな……？」

そう考えて、俺はさらに作業を続ける。そして満足できる結果を得られたことで、久しぶりに気持ちよく眠りにつくことができた。


翌日の夕方、俺は一張りの弓を持って、ダンジョンの前で待っていた。

バールおじさんと呼ばれる俺が弓を持っていることで、通りすがる探索者たちから奇異の視線を向けられる。

いや、普通の武器を持っていて奇異に見られるとか、世間の俺への認識はいったいどうなっているんだ？

「お待たせしました、夏目さん！」

「ああ、いや。そんなに待ってないよ」

本当を言うとすでに三十分ほど待っていたのだが、これは単に俺が暇を持て余した無職に限りなく近い探索者だからに過ぎない。

本職の探索者はもっと早い時間からダンジョンに潜っているし、兼業している者ならこの時間はまだ仕事中の者が大半だ。

「あっ、そうだ。今日はこれを使ってくれ」

「弓、用意してくれたんですね」

「ああ。俺の自作だから、不都合なところがあったら言ってくれ。調整するから」

「武器の製作ができるんですか？　それもこんな立派な弓……」

俺が彼女に渡したのは、長さ一メートルほどの短弓だった。

金属製で装飾が施された、どう見ても素人《しろうと》の手による作品ではない弓。

それをキラキラした目で眺めている。実に素直で、作った甲斐《かい》がある。

「気に入ってくれたようで、嬉《うれ》しいよ」

「その、本当にいいんですか？　こんな高そうな……」

「気にしないで。俺が作ったものだし、原価も大してかかっていないから」

「そう……なんですか？　ありがとうございます」

実はこの弓、【ゴーレム創造】という俺のスキルを利用して、作り出した物だ。

異世界では、リビングソードという剣の形をしたモンスターも存在した。

実はこいつには二種類のモンスターが存在し、一つはアンデッドが取り憑《つ》いて武器を操っているケース、もう一つはゴーレムとして作られたケースだ。

そしてソードと言いつつ、槍《やり》や斧《おの》の形状の敵も存在した。

そこで俺は自身のゴーレム作成能力と錬金術を使って、リビングソードと同じ原理の弓を作り出した。

異世界での俺のメインクラスは錬金術師、そしてサブに勇者となっていた。

従来の勇者たちはメインクラスが勇者となっており、過去の勇者たちと違う職業の俺は、おかげでハズレ勇者と呼ばれていたものだった。

「照準をサポートする力もあるから、普通の弓より当たりやすくなってるはずだよ」

「えっ、そんな機能まで⁉」

「ま、試射も兼ねて、一度潜ってみようか」

「はい！」

俺と環奈ちゃんは、連れ立ってダンジョンの中に足を踏み入れた。

異世界の経験で俺はモンスターの気配を察することができるので、一直線にそちらに向かう。

問題は環奈ちゃんが、敵を攻撃することができるかどうかだ。

一応攻撃することはできていたらしいが、手応えに忌避感を持ったため、とどめが刺せないと言っていた。

だから手に感触が残らない弓を薦めてみたのだが、これが正解かどうか確かめる必要がある。

「いたよ。準備はいい？」

「が、がんばります！」

「静かにしようね？」

「ごめんなさい！」

俺の言葉に元気よく答えた環奈ちゃんに、俺は注意をしておいた。

この声量だと、こちらのことは気付かれたに違いない。とはいえ、奇襲ができなかったとしてもさほど問題はない。

どのみち今日の探索では、俺が前に立って敵を押さえ、彼女が弓でとどめを刺すというのが目標だったからだ。

案の定ゴブリンが一匹、威嚇の声を上げながらこちらに飛びかかってきた。

「グギャギャギャギャギャギャ！」

「はいはい、おとなしくしようね」

手に持った棍棒《こんぼう》で殴り掛かってくるゴブリンを理不尽な言葉を吐いて押さえ込みながら、その背中を環奈ちゃんの方に向ける。

「は、はい！」

俺の合図と共に彼女は矢を放つ。実戦で標的に矢を当てるなんてのは、よほど戦場に慣れた兵士でないと当たるものではない。

彼女の構えも、最初はやや的から外れた方向に向いていたが、その手が不意に適切な方向に向く。

これはゴーレム化した弓が狙いを補正した結果だ。

放たれた矢は一直線にゴブリンの首の後ろに突き立った。

「グゲッ⁉」

「まだだ、もう一度！」

「はい！」

俺の声に彼女はもう一度弓を引き絞る。その力は狼狽《ろうばい》しながら放った先ほどより力強い。

多少狙いのずれた弓は、しかし放たれる寸前に微妙に狙いを変え、適切な照準を定める。

次の一射は今度こそゴブリンの後頭部に突き刺さり、絶命させるに至った。

「ご苦労様。平気？」

「ハァッ、ハァッ……だい、じょうぶ、で……」

「無理はしないで。少し休憩しよう」

先ほどダンジョンに入ったばかりなのだが、彼女としては初めて生物を殺した経験になったわけだ。

その精神的疲労感は、実際の運動量以上に彼女を蝕《むしば》んでいるだろう。

少し休憩を入れて、落ち着かせた方がいい。

「どうだい、初めてとどめを刺した感想は？」

「えっ……そ、そうか、私……」

「気分が悪くなったりしないかな？」

「えと、良い気分とは言えないけど、大丈夫です」

手に感触が残らない弓なら、とどめを刺すことができるようだった。

どうやら彼女の最大の難関は、突破することができたらしい。

後は弓での戦闘に慣れ、きちんと自分で狙いがつけられるようになれば、一人でもダンジョンに潜れるようになるはずだ。

「はい、水でも飲んで」

「すみません」

俺からペットボトルを受け取り、それを口にする。

一気に半分ほど飲み下されてしまったが、まぁ問題はない。

異世界から物を持ち込むことはできなかったが、俺の能力は引き継がれている。

アイテムボックスの能力は失われていないので、ペットボトルをそこに大量に放り込んでいたからである。

「落ち着いたら次に行こう。複数相手でも落ち着いて射れるようになれば、一人でも潜れるようになるはずだ」

「さすがに自信がありませんよ……」

「大丈夫、それまではちゃんとサポートするからさ」

どこか不服そうな顔をしてこちらを見つめてくる環奈ちゃん……いや、これは睨《にら》んでいるのか？

ともあれ、彼女も実践を積めるようになった以上、レベルが上がって身体能力も上がっていくだろう。

反面、俺はどれだけゴブリンを倒しても、レベルが上がる気配がない。

これは俺の基礎能力が高過ぎるせいではないかと、俺は見ている。

ダンジョン内でモンスターを倒し続ければ、レベルが上がり身体能力も上がる。

しかし俺は初期から基礎能力が高過ぎるため、ゴブリン程度ではレベルが上がらない状況ではないかと考えていた。

　基礎能力が低い環奈ちゃんなら、きっとすぐにレベルが上がるはずだ。

「それじゃ、そろそろ次行こうか」

「はい！」

　彼女は元気に返事をし、即座に立ち上がった。その跳ねるような動きは、やはりペロルを思い出させる。

　まだ異世界に未練を残しているのかと、俺は自分の頭を一つ叩《たた》いて、意識を切り替えたのだった。


　その後、俺は環奈ちゃんと十匹程度のゴブリンを仕留めた。

　とどめは彼女に全て任せ、俺はゴブリンの動きを押さえることに徹する。

　何度も繰り返して、ゴブリンの頭部に矢を撃ち込むことに慣れたのか、彼女の動きも滑らかになっていった。

「だいぶ慣れてきたみたいだね」

「はい、夏目さんのおかげです……えっと」

「なに？」

何か言いたげな視線を感じ取り、俺は彼女に質問する。

すると彼女は視線を左右に彷徨《さまよ》わせ、何かを決断したようにこちらに目を向ける。

「えっと、一緒に探索してることですし、いつまでも夏目さんって呼ぶのは変かなって思いまして……」

「ああ、うん。そうだね、好きに呼んでくれていいよ」

見た目の印象と違って体育会系の彼女のことだし、『師匠』とか『コーチ』と呼んでくれるのかもしれない。

それはそれで、俺としてはどこか心に響くものがあった。

「じゃあ、刀護さんって呼ばせてください」

「え、なんで名前なん？」

「え、名前じゃダメですか？」

予想と違う呼ばれ方に、俺は思わず反論してしまった。

しかし、別に嫌なわけでもないし、親しみを感じることができるので、拒否する理由はない。

それに異世界でのアクアヴィータ姫やペロルに近い呼ばれ方なので、懐かしさも感じられる。

「別にダメじゃないから、そう呼んでくれてかまわないさ」

「じゃあ、刀護さんって。なんだか彼氏みたい」

「いや、それは……」

どこか浮かれた様子の彼女に、俺は戸惑いを覚える。そこでふと、異世界の現象を思い出した。

モンスターを大量に倒し、急激にレベルが上がった者はその変化についていけず、奇妙なハイテンション状態に陥ることを。

「ひょっとして、佐藤さんはレベルが上がったんじゃないか？」

「私のことも環奈って呼んでください。それと……レベルですね、ちょっと待ってください」

彼女は資格証を取り出し、自身のステータスを確認した。

そして、ションボリと肩を落とした。

「残念、まだ上がってないです」

「そっか。でももう少しだと思うよ」

「ありがとうございます！　刀護さんのおかげですよ」

「そんなことはないと思うけどね」

彼女は十匹程度で情緒に異常が出始めていた。おそらくレベルアップまで、あとわずかというところなのだろう。

対して俺はすでに二百匹以上倒しているが、上がる気配が微塵《みじん》もない。

やはりこれは、基礎能力が高過ぎるせいでレベルアップが遅れていると考えて間違いはなさそうだ。

ともあれ、これだけ浮かれた状態でゴブリン退治を続けるのは、危険かもしれない。

ハイテンションは恐怖を忘れ、勢いよく行動することができるが、その反面注意力散漫に陥り、油断を生みやすい。

俺だけなら多少攻撃を受けても平気だが、彼女は違う。俺がサポートできることにも限界がある。

「今日はこの辺で切り上げて、地上に戻ろうか」

「え、もうですか？」

「うん。佐藤さん、少し自分の調子が違うことに気が付いてる？」

「そういえば……」

「短時間で急激に『経験』を蓄積して成長した時、テンションが上がってしまう現象があるらしいよ」

「へぇ～」

感心し、目を丸くする。その反応に、俺は少しだけ癒やされた気がした。

◇◆◇―◇◆◇

あだし野高校。日本国内において、数少ない『ダンジョン科』を持つ高等学校。

魔石の回収において世界の後塵《こうじん》を拝している状況を打開すべく、ダンジョン探索の専門家を育成するために新設された学科だ。

国策として新設された学科だけに、編入されれば多くの援助が得られる特典がある。

給付金に、一部学費の免除、寮の完備など。

もちろん入寮するのは、個人の自由である。主に生活が苦しい者が入寮して、援助を受けていた。

それだけに競争率は高く、入学してからもその競争は終わらない。

そんなあだし野高校の寮の一室で、珍しく浮かれた声が響いていた。

「ね、聞いてよムナッち。私、ゴブリンを倒せるようになったの！」

「へぇ、よかったじゃない」

「それもこれも、『バールおじさん』のおかげ」

「バールおじさんって、噂《うわさ》になってる、あの？」

「うん」

あだし野市にあるダンジョンは、全国規模からみればあまり大きなものではない。

しかしダンジョンの情報を共有するため、ＳＮＳや掲示板などで各地と情報のやり取りはされていた。

その中でも、バール一本でダンジョンに潜る奇妙な男の存在は、掲示板でも話題になっていた。

「実際はオジサンってほどの歳《とし》じゃなかったけどね」

「そうなんだ？　カンナがそれだけ浮かれてるってことは、意外とカッコ良かったの？」

「実は」

でへへ、とやに下がる環奈に、ムナッちと呼ばれた同室の少女は肩を竦《すく》めてみせた。

「そんな調子だと、いつか怪我《けが》しちゃうわよ？」

「ちゃんと守ってもらってるもん」

軽く流しつつ注意する相方に、環奈は不満を覚えた。

あまり良いリアクションが返ってこなかったことで、不服そうに唇を尖《とが》らせる。

「ムナッちも行き詰まってるんだし、一緒にコーチ受けてみる？　私、頼んであげるよ？」

「遠慮する……って言いたいところだけど、行き詰まってるのも事実なんだよねぇ」

ハァと大きく溜息《ためいき》を吐《つ》き、肩を落とす。

彼女も環奈のように近接戦に難がある。環奈ほど酷《ひど》くはないが、とどめを刺す際に一瞬ためらいを持ってしまうからだ。

おかげで反撃を受けることも多く、生傷が絶えない。

今も上腕部に包帯を巻いていた。

「この際、ぜいたくを言っていられないか。お願いしてくれる？」

「オッケー、まかせて。って言っても、刀護さん次第なんだけどさ」

「『東郷《とうごう》』？　バールおじさんの名前なの？」

「うん。でもおじさんって呼んだらダメだよ。なんだか嫌そうな顔してたから」

「あんた、今さっき呼んでたじゃん」

「えへへ、つい。語呂が良くってさ」

調子の良いことを言う環奈を半眼になって睨む。

正直、環奈の性格の良さを知っているだけに、騙《だま》されていないか訝《いぶか》しんでいたが、そういうわけでもなさそうだった。

「まぁいいけど。その東郷さん？　によろしく言っておいてもらえる？」

「まかしておいて。それに刀護さんは優しいから、きっとＯＫしてくれるよ」

ベッドに腰掛けていた環奈は仰向《あおむ》けにひっくり返り、クッションを真上に投げ上げる。

そのまま落ちてきたクッションを受け止め、コロコロと転がって遊びだした。

「ちょっと、埃《ほこり》が立つでしょ」

「そんなに汚れてないもん」

「布団が？　それともアンタが？」

「どっちも！」

ベッドに転がった環奈に布団をかぶせ、その上に馬乗りになってじゃれ合う。

その時はまだ、環奈の師匠が何者なのか、彼女はまだ理解していなかったのだ。

第二章　勇者のデート

その日も俺は、環奈《かんな》ちゃんと二人でダンジョンに潜る予定だった。

しかしやってきた彼女を見て、急遽《きゅうきょ》予定を変更することにする。

その理由は彼女の指先が、わずかに震えていたからだ。

「刀護《とうご》さん、おはようございます！」

「うん、おはよう」

元気に挨拶してきたが、俺はその震えを見逃さなかった。

彼女の身体《からだ》を隅々まで観察する。と言えば不審者のように思われるかもしれないが、もちろん服の上からである。

「な、なんですか？　ちょっと恥ずかしいんですけど……」

「佐藤《さとう》さん、疲れ残ってるでしょ？」

胸を隠すようなポーズで身をよじっていた環奈ちゃんが、急にびくりと身をこわばらせる。

どうやら図星だったらしい。

「なんでわかっちゃったんです？」

「指先、ちょっと震えてたからね。考えてみれば、初めてゴブリン倒したり、連戦したりしたわけだし、あんなこともあったから気を使うべきだった」

スケルトンの襲撃で大怪我《おおけが》をし、翌日にはゴブリンを倒し、十戦前後の連戦を経験した。

新人が経験するには、あまりにもハードなスケジュールだ。

これは俺の配慮が足りなかったと反省すべきだろう。

「大丈夫ですよ。体力には自信があります！」

「ダメ。そう言って無茶《むちゃ》して怪我する奴《やつ》はたくさん見てきた」

「え、そんなに？」

疑問に思われ、俺は思わず口を押さえた。

怪我人を見てきたのは異世界でのことで、日本ではまだ数人程度しか見かけていない。

ともあれ、数人とはいえ怪我人を助けた経験があるので、そこは言い逃れできなくもないだろう。

「ほ、ほら、何人か怪我人を助けた経験があるから」

「そういえば、それで有名になったんですよね、『バールおじさん』」

「やめてね、そのあだ名」

ダンジョン内で怪我人に遭遇し、それを助けたことは確かにある。

そして三人ほど助けたところで、俺の装備からそう呼ばれるようになっていた。

人命救助の結果、親しみを込めて呼ばれるようになった呼び名ではあるのだが、どうしても悲しみを感じざるを得ないあだ名である。

しかもその語呂の良さからか、匿名掲示板にそのあだ名が載るや否《いな》や、全国に知れ渡りつつあるらしい。

本当に勘弁してください。

「そもそも、俺ってそんなに老けて見える？」

「いいえ、全然。うちの学校の先輩くらいに見えますよ」

「さすがにそこまで若く見えるってのも、なんか悲しい感じがするけどね」

俺の年齢は二十二歳。おじさんと呼ばれるのもきついが、高校生と見られるのも微妙な気分になるお年頃である。

しかし異世界では、いつも年齢より若く見られていたので、しかたないのかもしれない。

おかげでアクアヴィータ姫からは、長らく弟扱いされてしまっていたし。

「とにかく。そんな疲労した状態でダンジョンに潜るのは危険だ。今日は休息にして身体を休めてもらうからね」

「えぇ〜」

環奈ちゃんはふくれっ面をしてみせるが、一転してにこやかな笑顔を向けてくる。

何かいたずらを思いついた顔だ。

「じゃあ、デートしましょう！」

「え、社会的に死ぬからヤダ」

「なんで社会的に死ぬんですか⁉」

昨今の日本では、下手《へた》に女性と接触すると性犯罪者として訴えられるという記事を、スマホで読んだことがある。

全てを真に受けるわけではないが、警戒はしておきたい。

高橋《たかはし》さんからの援助が途切れたら、俺の生活は立ち行かなくなってしまうのだ。

「ただでさえ変なあだ名を付けられているのに、この上変な噂まで立てられるのは困る」

「大丈夫ですよ、お互い合意の上ですから」

「その合意を認めてくれないのが、世間の噂なんです」

「そんなこと言わないで。そうだ、弓を使うなら他の道具も必要だから、買い物に付き合ってくださいよ」

「む？」

言われてみれば、弓という武器は剣と違って様々な道具が必要になる。

弦が身体に当たると危険なため、胸当てや籠手《こて》など、敵からではなく弦から身を守る防具が必要になるからだ。

さらに整備するための道具や張り替えるための弦なども必要になるため、初期費用は意外とかかる。

お金に困っている彼女にそういったものまで負担させるのは、確かに可哀想《かわいそう》だった。

「そう、だな……よし、どうせなら一式プレゼントしようじゃないか」

弟子の装備の買い出しとなれば、世間的にも言い訳はできる。

それに弓道の装備と違って実戦の装備はやはり違いがある。

体型や身体の癖に合わせたものを装備しないと負担も上がるので、細かく調整する必要があった。

それは彼女一人ではできない作業だ。

「いやでも、身体に触らないといけないからな……」

「なんです？」

「なんでもないです」

ちょっと想像してしまったのは若気の至りである。だが彼女に防具などの補助装備は必要だし、細かな調整などは俺が見てやらねばなるまい。

「まぁいいか。確かに必要だし、今日は買い出しだけにしておこうか」

「やった。じゃあ、着替えてきますね」

迷宮に入るつもりだった彼女は、動きやすいシャツにジャケット。ホットパンツ、ひざ上までのタイツにゴツいブーツという格好だった。

弓も背負っているため、街に出るには着替える必要がある。

対して俺は、いつものジーンズに新しく購入した革のジャケット。腰に下げたバールが怪しさを醸し出しているが、まぁ問題はない。

バールだけ施設のロッカールームにでも預けておけばいいだけの話だ。

俺は預金から金を下ろすために、受付に向かう。

銀行などに向かうより、ここで引き出した方が手っ取り早い。

「あ、夏目《なつめ》さん。今日は早いですね」

「いや、今日は換金じゃなくて、お金を下ろしに」

「え？」

鳩《はと》が豆鉄砲を食ったような顔をする受付のお姉さん。

俺は言ってみれば質素な生活をしているので、日々の生活費はそれほどかかっていない。

彼女もそれを知っているので、俺が預金を下ろすのは珍しいと感じたらしい。

「いや、教え子ができましたからね。ちょっと装備を買ってやろうかと考えまして」

「あら、若い女の子にはサービスがいいんですね」

「そりゃあ、ちょっとはね」

俺は苦笑混じりに返事をする。俺は今まで数人の探索者を助けた経験があるが、コーチを引き受けたのは環奈ちゃんが初めてだ。

なんとなく、そうした方がいい気がしただけなので、特に意味はない。

それでも引き受けたからには、責任を持って育成するつもりだった。

「…………」

「なんです？」

「いいえ、特に。ですが警察のお世話になるようなことは――」

「しませんからね！」

どうも彼女は、俺が女性にだらしないと思っているのかもしれなかった。

それを正すべきか否か、真剣に悩んだところで、彼女は表情を引き締める。

「冗談はここまでとして、ちょうどよかったです。先日のことなんですが……」

「先日？」

「ほら、あの佐藤さんが襲われたという」

「ああ、スケルトンの群れ？」

「はい」

本来ならいないはずのモンスターが、浅い階層に出たというのは、管理側からすれば大問題だ。

「確かにスケルトンでしたよ。ボーンゴーレムとかでもなく」

「ボーンゴーレムが出たら、そっちの方がさらに問題です」

ボーンゴーレムはその名の通り、骨製のゴーレムだ。スケルトンと大して見た目の差はないが、こちらの方がやや強い。

見た目が似ているだけに、勘違いされることが多いモンスターだった。

「一層にスケルトンなんて出るわけねぇだろ。どうせそいつのホラだよ！」

そこに突然、ドスを利かせた声が割り込んできた。

俺が振り返ると、そこには三人の探索者の姿があった。

使い込んだ装備の具合から見ると、そこそこ経験を積んだ連中のようだ。

「安田《やすだ》さん？　確かに前例のないことですけど、目撃情報は軽視できませんし」

お姉さんが丁寧に彼の言葉を否定していたのだが、それが気に入らなかったのだろう。

安田と呼ばれた男は、派手に舌打ちを漏らし、こちらに歩み寄ってきた。

「なら、なんか証拠があるのかよ？」

「迷宮内のモンスターは倒せば消えるし」

「魔石があんだろ、魔石がよォ」

確かにモンスターを倒せば魔石が落ちる。それがダンジョンのルールだ。

だが、先日の環奈ちゃんの一件では、魔石は一つも落ちなかった。

そういう点から見ても、あのスケルトンは普通のモンスターと違うと思われた。

「あの時は佐藤さんの保護でいっぱいいっぱいだったから気付かなかったけど、確かに変だな……」

「だからお前の嘘《うそ》だってんだよ。ええ、『1レベル』の『バールおじさん』？」

あからさまに嘲りの含まれた言葉。

俺に対して含むところがあるのを隠そうともしない。

評判を気にして、積極的に人助けをしてきただけに、俺に対して悪意を持つ者はあまり多くない。

俺が嫌がっても『バールおじさん』と呼ぶ連中もいるが、そこには親愛の情みたいなものを感じられていた。

しかしこいつらは、明らかに俺に対し悪意を持っている。

「露骨な人助けで名を売って、今度はスケルトンが出ましたってか？　売名行為にも程があんだろ」

「いや、そんなつもりは全然ないけど」

「うっせぇ、そう見えるってんだよ！」

男は何に苛立っているのか、ついに俺の胸倉を摑《つか》み上げた。

俺の身長は高い方ではないので、その勢いでつま先立ちになる。

「安田さん、暴力はいけません！　えっと、施設内での暴力行為は禁止です！」

受付のお姉さんが必死な形相で制止するが、男の耳には届かなかったようだ。

だが俺には、それより先に疑問があった。

「それよりさ……あんた、誰？」

「なっ、んだとォ？」

そもそも安田という男とその仲間たちは、見たこともない連中だった。

こうして絡まれる覚えはまったくないので、当然の疑問と言える。

しかしそのとぼけた態度が気に入らなかったのか、安田は俺の腹に拳をめり込ませた。

「調子に乗るなってんだよ、オラァ！」

「ぐっ」

いきなりの暴行だったので、俺は思わず息を詰まらせる。

それが余計に彼の加虐性に火をつけてしまったらしい。

「しょせん1レベルなんだから、粋がって妙な嘘《うそ》吹かしまくってんじゃねぇっての」

「いや、スケルトンは実際に出て――」

俺の言葉が終わらないうちに、ひざがみぞおちにめり込んだ。

まったく、ここは管理局の中だというのに、自制心はないのかと問いたい。

ともあれ、こういう輩《やから》をやり過ごす方法は、異世界でも散々経験してきた。

要は連中の気が済めばいいのだ。別にやり返しても問題はないと思うのだが、そうすると今度は余計な恨みを買って延々と付きまとわれかねない。

女の子ならともかく、男に付きまとわれるのは、俺はゴメンだ。

なのでわざとらしくひざをついて、ダメージを受けたように振る舞う。

「ゴホッ」

「ざまぁねぇな、1レベル風情が。これに懲りたら、つまんねぇ嘘を吐《つ》くんじゃねぇぞ」

嘲る言葉と一緒に唾を吐いてきたが、さすがにこれは受けたくないので、横に転がって避《よ》ける。

ちなみに腹を抱えて苦痛にのたうち回る演技をしていたので、偶然のように見えたはず。

安田たちはそんな俺の様子に溜飲《りゅういん》を下げたのか、最後に蹴りを一発俺の背に打ち込んで立ち去っていった。

「夏目さん、大丈夫ですか？」

お姉さんがカウンターから出てきて俺に手を貸そうとしてくれる。

止めようとしてくれたことは理解しているので、彼女に対しては特に思うところはなかった。

むしろ一般人なのに探索者に抵抗しようとしてくれたことは感謝すら覚える。

「ええ、大丈夫ですよ。怪我《けが》一つありませんから」

俺がむくりと起き上がると、彼女は驚いたように目を見開いた。正直、あの程度の男なら、防御していなくとも何のダメージも受けない。

それくらい、俺のステータスは圧倒的なのだ。

「驚きました。頑丈なんですね、夏目さん」

「これがゴブリン退治を続ける秘訣《ひけつ》ですね」

軽くウィンクなど返してみせると、彼女は小さく笑みをこぼす。

その控えめな安堵《あんど》の様子に、俺は感動すら覚えていた。

異世界で俺が勇者と知られてこういう状況になった時は、酒場の給仕娘が看病と称して部屋に連れ込もうとしたこともあった。

なお、その時はアクアヴィータ姫の右ストレートが一閃《いっせん》して、なぜか俺が悶絶《もんぜつ》したわけだが。

「安田さんには、局の方から厳重注意を出しておきますね」

「お願いします。あ、俺にとばっちりが来ない範囲で」

「問題ありません。職員の目の前で、制止を振り切って暴行を働いたのですから」

「いや、あの手のは逆恨み……まぁいいか」

あまり悪意に晒《さら》された経験がないのか、お姉さんは不思議そうに首を傾《かし》げてみせる。

そして面倒なことに、周囲の探索者たちから注目を浴びていた。

あれだけ騒げば当然の話か。

「あれ、安田だろ。あんだけ蹴られて、なんで平気なんだ？」

「バールおじさんがすげぇんだよ。めっちゃタフじゃん」

「安田ってあれだろ？　最近話題になった注目株。嫉妬したんかね？」

そこにタイミングよく環奈ちゃんが戻ってきた。

騒然とする周囲の様子に、環奈ちゃんはキョトンとした様子で俺を見る。

「何かあったんですか？」

「いや、野良犬が迷い込んできただけだよ」

彼女に心配をかけないように、俺は何事もなかったように振る舞う。

しかし、スケルトンの当事者である彼女は、お姉さんには無関係ではない。

「えっと佐藤さん。少しいいかしら？」

「はい？　なんでしょう」

「えっと、この間のスケルトンのことで少し調書を取りたいの」

「ええっ、今からですかぁ？」

「ゴメンね。迷宮管理局のお達しだから、私も断れなくて」

「局からじゃ、しかたないですよねぇ」

お役所の仕事となれば、一介の探索者である環奈ちゃんに断れるはずもなかった。

まるで売られる牛のような表情で、お姉さんに別室に連行されていく。

俺はその光景を苦笑混じりに見送って手を振っておいた。

「今日は無理そうだね。また別の日に」

「うわぁぁぁん。刀護さん、また後で連絡しますぅぅぅ」

「またね、環奈ちゃん」

見送って今日は無理と判断し、預けたバールを取りに戻る。

それからロッカールームを出たところで、お姉さんに捕まった。

「なに他人事《ひとごと》のように帰ろうとしてるんですか？」

「え？」

「ほら、夏目さんも当事者じゃないですか！　調書を取りますから、こっち来てください」

「なんでさっき呼ばなかったの？」

「佐藤さんを案内するので手がいっぱいだったからです」

確かに、買い取りカウンターの人員は少ない。

特に今は探索者が帰ってくるにはやや早めな時間なので、カウンター内に残されていたのは彼女一人しかいなかった。

俺を連行すると、買い取りの担当人員がいなくなってしまう。

俺は小さく肩を竦《すく》め、彼女についていくことにした。

その途中で、環奈ちゃんから通知が来ていた。

「ん？」

「どうかしました？」

「佐藤さんから連絡が来ました」

「お聞きしても？」

俺はスマホを取り出し、連絡内容を確認する。

今日の予定は明日の昼に延期という連絡と、それで異論がないかという話だった。

俺は短く『了解』とだけ返しておく。

「……お付き合い、しているんですか？」

「はぃ？」

「佐藤さんと」

「ああ、いや。彼女は弟子のようなもので。今回は彼女の防具を買うので、微調整なんかが必要だから俺の意見も、って感じでして」

「そうだったんですね」

俺の答えを聞いて、彼女の足取りが少し軽くなったように感じられた。

一瞬、跳ねるような足取りをしたのを、俺の目は見逃さなかった。

「何か良いことでもあったんです？」

「え？　なぜです」

「少し足取りが軽いようでしたから」

「……よく見てますね。目が良いんですね」

少し顔を赤くしつつ、わずかに頬を膨らませる。そんな少女じみた仕草なのに、彼女には似合っているように感じられた。

そんな会話をしていると、小さな一室に辿《たど》り着いた。

「ここです。中に調査官がいますので」

「お手数をおかけしました」

「いえいえ。これも仕事ですので」

一礼して俺は中に入る。狭い一室は多少圧迫感があったが、中にいた調査官は俺を見て丁寧に挨拶してくれた。

「あ、初めまして。あなたが夏目刀護さんですね」

「はい。今日はよろしくお願いします」

「いえいえ、上司に上げる報告書を作るだけですので。お時間をいただいてありがとうございます」

それから調査官の質問に俺が答える形で、調書の作成は穏やかに進められた。

「では、魔石などは出なかったと？」

「はい。当時はそれどころではなかったので、気になりませんでしたが」

「確かに不思議な話ですね。一層にスケルトンが出たという話ももちろんですが」

「でも本当なんです」

「いえいえ、疑っているわけではないんです。証拠があれば、専門の部隊を編成するのに上司を説得するのが楽だと思っただけで」

時間と共に調査官の言葉はフランクなものになっていた。

これは俺に気を許したというより、それほど今回の事件に真剣に向き合っていない雰囲気を受ける。

まぁ、目撃情報が1レベルの探索者二人の証言だけなら、こんなものかもしれない。

異常の規模がもっと大きくなれば、真剣に聞いてくれるだろう。

それまで大きな被害が出ないことを祈るばかりだ。

それから一時間もしないうちに、俺は解放された。形式的な事情聴取なら、こんなものだろう。

翌日、この日は週末だったので、朝から環奈ちゃんと合流できる日だった。

今日の目的は買い物だけだったので、俺は少しだけ小綺麗《こぎれい》な格好を選んで、部屋を出た。

待ち合わせの詳細などは、あの後メールでやり取りしていたので問題はない。

十分前に待ち合わせ場所に到着すると、そこでは環奈ちゃんがナンパを受けていた。

「なぁ、良いだろ？　ちょっと話するだけだからさ」

「1レベルなんでしょ？　俺たちも探索者で5レベルだから、いろいろ教えてあげられるからさ。手取り足取りね？」

「そうそう。なんだったらレベル上げも協力してあげられるからさ」

三人が彼女の逃げ道を塞ぐように駅前の壁に押し込めていた。

環奈ちゃんは迷惑そうにしていたが、通りすがる人たちは見て見ぬ振りをしている。

日本人の無関心もここまで来たかと思ったが、考えてみれば八年前もこんなものだった。

「あの、人と待ち合わせしていますので」

「え？　そんな奴《やつ》いないじゃん。嘘《うそ》言わないでよ」

「俺、ちょっと傷ついちゃったなぁ」

「お詫《わ》びに今日一日付き合ってよ」

彼女の言葉をその場しのぎと思ったのか、そんなことを捲《まく》し立てていた。

さすがに他人の振りはできないので、環奈ちゃんに声をかける。

「お待たせ。彼らはお友達？」

「刀護さん！　いえ、違います!!」

変なのに後から絡まれる危険も考えて、彼女の名前を出さずに呼びかけたのだけど、環奈ちゃんは容赦なく俺の名前を出してしまっていた。

もっとも、この状況の少女に冷静な判断なんてできないはずだから、無理はない。

それに、これ以上ないくらい力強い否定の言葉に、俺は少しだけ連中が可哀想《かわいそう》になった。

しかしそんな憐憫《れんびん》は一瞬の話で、男たちは俺にあからさまな悪意を向けてくる。

「なんだよ、お前」

「いや、聞いてただろ。彼女の待ち合わせ相手だが」

「お呼びじゃないんだよ！」

「呼んだのは彼女だから」

なんとも筋の通らない言い分で、俺の周囲を取り囲もうとする男たち。

その動きの隙を突いて、俺は環奈ちゃんを背にかばう位置に移動した。

確かに彼女は可愛《かわい》らしい外見をしているので、こういったことに巻き込まれることもあるだろう。

だからと言って見過ごすことはできない。なにより、今日は俺と予定がある。

「つまりな……すっこんでろって言ってんだよ！」

男の一人が、俺に対して威嚇の言葉を放ってきた。昨日の安田といい、こいつといい、探索者の中には暴力的な奴が多過ぎて困る。

殺生を日々の糧としているのだから暴力への抵抗感が薄くなっているのだろうけど、ダンジョンの外でこれではさすがに問題だ。

それに俺も今日は身綺麗にしている。こんなところで暴力沙汰に巻き込まれ、服を汚すのも忍びない。

昨日の安田の一件とは、状況が違うのだ。

「悪いな、今日は服を汚したくないんだ」

男はボクシングでもやっていたのかファイティングポーズを取ってから、素早く左のパンチを放ってくる。

ジャブのつもりなんだろうが、5レベルの探索者となると、その身体能力は一般人の四割増し程度になる。

それ以上の基礎能力を持っていた場合だと、六から七割増しにまで及ぶ。

それくらい、探索者の身体能力というのは脅威なのだ。だからこそ、探索者になった者は一般競技への参加が禁止されている。

「遅いよ」

しかし俺から見れば、あまりにも遅い。こんなもの、アクアヴィータ姫ならカウンターで四、五発合わせた上でお茶まで飲めてしまうだろう。

俺でもこの程度なら余裕で対処できる。

男の踏み出した足をローキックで払い、バランスを崩した男が後頭部から地面に落ちるように体勢を調整してやる。

その後、男は俺の目論見《もくろみ》通り頭から地面に落ちて失神した。

仲間が気絶させられたことを察した残りの二人が慌てて戦闘態勢を取ろうとしたが、その時には俺の前蹴りが男たちの急所に炸裂《さくれつ》していた。

「おぐっ⁉」

「ふぎゃあ‼」

一人は何が起こったのかわからないまま、もう一人は何が起こったのか理解した上で悲鳴を上げる。

もっとも俺の力で蹴られたのだから、そのダメージは計り知れない。

死なないように手加減したとはいえ、急所の損傷もあり得るだろう。

二人は同じ股間を押さえるポーズで地面にうずくまる。

先に失神した男も併せて、男たちを無力化した後、俺は環奈ちゃんに振り返った。

「おまたせ。それじゃ行こうか」

「だ、大丈夫なんですか？」

環奈ちゃんの言葉は俺に向けられたものではなく、男たちに向けられたものだ。

彼女は俺の力を知っている。というか、スケルトンの群れを一掃したのが俺だと思っている。

いや、ゴーレムの力は俺のものなので、俺が一掃したと言っても問題ないと考え直す。

「大丈夫だよ、彼らも探索者だから」

一般人なら睾丸《こうがん》が破裂していたかもしれないが、探索者なら頑丈さも人並み以上になっているはずだ。

一般人の四割から七割頑丈なら、死んだり破裂するような危険はないだろう。

そう判断して俺は環奈ちゃんの背中を押して、そそくさとその場を離れる。

「で、でも……」

「環奈ちゃんは優しいね。でも警察が来たりすると面倒だし」

「あっ、そうですね」

俺の言葉に納得したのか、彼女も足早にその場を離れていく。

その割り切りの早さに苦笑する。その辺りは彼女も探索者なのだろう。

昼前の時間帯なので、まずは食事に行って腹ごしらえをすることになった。

とは言っても、俺の知識では女性に喜んでもらえるような店など選べない。

なので結局ファミレスを選択してしまったところが情けないと、自分でも思う。

「ゴメンね、こういう場所しか知らなくてさ」

「全然大丈夫ですよ。私も形式ばったところは苦手ですから。むしろこういうお店の方が落ち着きます」

「そう言ってくれると助かるよ」

おそらく世間一般の常識で語るなら、俺はどうしようもない甲斐性《かいしょう》なしになるだろう。

彼女がまだ幼く、そして裕福な生活を知らないからこう言ってくれるに違いない。

まぁ、俺も日本に戻ってきてまだ一か月。しかも借金持ちなのだから、センスのいい場所など知っていようはずもない。

「とりあえず雰囲気のいい店とかは今度までに調べておくとして、何か食べよう。好きなものを頼んでいいよ。今日は俺がおごるから」

「いいんですか！」

「どうぞ、どうぞ」

せめてこれくらいは意地を張らせていただきたい。

俺はそんなことを内心で考えていると、彼女はさっそく注文用のタブレットに入力を始めていた。

その料理の数、およそ五品。さすがに少し多くない？

「け、結構食べるんだね」

「えへへ。お腹《なか》いっぱいまで食べることって、最近ではなかったから」

「環奈ちゃんは寮生活だっけ？　そりゃ、確かにそうか」

寮生活の場合、食堂などで一人分の食事量は決まっている。

追加で頼むこともできるが、その場合は追加料金が発生することもある。

生活難の彼女にとって、追加料金の発生は避けたい事態だろう。

「苦労してるんだねぇ」

「刀護さんほどじゃないですよ。私、借金はありませんから」

「うっさいよ」

わりとキワドイ冗談を飛ばす環奈ちゃんに、俺は笑顔でツッコミを返す。

この程度の冗談なら、俺だって余裕で受け流せるのだ。

そう考えると、俺も大人になったものだと実感する。転生以前の中学生の頃だったら、変にキレて怒っていたかもしれない。

そんな和やかな雰囲気の中、料理が運ばれてくる。

「それじゃ、いただきます！」

「はい、どうぞ」

環奈ちゃんは一声かけると、勢いよく食事を始めた。

デートだと本人は言っていたが、やはりまだ花より団子ということだ。

俺はそんな子供っぽい彼女の態度を、微笑《ほほえ》ましい思いで見ていたのだった。


その後、俺たちは探索者用の服飾店に立ち寄った。

これは彼女の弓用の服を選ぶためだ。

弓用の服と聞くと首を傾《かし》げられるかもしれないが、弦が手首付近まで勢いよく移動するので、袖口が弦に絡むとか、切り飛ばされるという事故は起こる。

そこで袖口を絞った頑丈な服を買う必要があった。

「あ、これ可愛いですね。どうです？」

「うん、似合うと思うよ」

「じゃあ、こっちは？」

それはそれとして、彼女はとっかえひっかえ服を持ってきては俺に感想を聞いてくる。

彼女が選んで持ってくる服なのだから、どれも彼女に似合っていて可愛《かわい》いと思うのだが、正直俺には違いがわからない。なので、同じような感想しか返せなかった。

これも俺の男としての甲斐性のなさなのだろうか？　と不安になってくる。

「もう、刀護さんってみんなそう言ってるじゃないですか」

「ゴメン。正直、女性の服の善《よ》し悪《あ》しがわからないんだ。女性関係に疎い人生を送ってきたから……」

「それも似合うね」

異世界にいた後半の頃は、それなりにモテていた。

しかしそれは、獲物を狙う肉食獣的な視線に晒《さら》されていただけで、恋愛感情と呼ぶにはほど遠いものだ。

強いて言えばアクアヴィータ姫とペロルなのだが、アクアヴィータ姫は身分差が、ペロルは年齢差が障害となって、結局実ることはなかった。

結果として、俺は十四歳から二十二歳まで女性関係を構築することができなかったのである。

姉のような存在と、妹のような存在。一緒に長らく旅していたがゆえに、互いのことはよく知っている。

そして衣服の善し悪しを気にするような環境ではなかったので、すっかり無粋な男に成長してしまったという自覚があった。

「でも、今着てる服は可愛いと思うよ」

「ホントですか！」

現在環奈ちゃんが試着している服は、白を基調にした上下のセットだ。

袖口が締まったシャツにミニのフレアスカートの下にスパッツを着用して、激しい動きをしても安心なデザインである。

足元も膝下までのロングブーツで覆われていて、しっかりと防護されていた。

元気な環奈ちゃんにぴったりなデザインだと、俺は思う。

「気に入ったのなら、それにしよう。このあと防具も見に行かないといけないし」

「そうですね。じゃあこれを」

「あ、会計は俺が」

シャッと試着室のカーテンを閉めた環奈ちゃんを他所《よそ》に、ニコニコ顔の店員に向けて俺はそう告げた。

彼女は妙なところで律儀な性格をしているので、おごると言えば遠慮してしまうだろう。

だから彼女が着替えている間に会計を済ませてしまう。

「おまたせしました。あのお会計を――」

「あ、俺が済ませておいたから」

「ええっ⁉」

店員に向かって会計を済ませようとした彼女に、俺はそう告げる。

なんだか恐縮した顔の彼女を見て、俺は心の底から癒やされた。若くて可愛い子に感謝されるのは、やはりいい気分だ。

世の男性が女性におごってしまう気分がわかった気がする。

「ほら早く行こう」

「えっ、ちょ、待ってくださいってぇ」

彼女の背を押して店から出る。俺の強引さにためらいつつも、彼女もそのまま店を出た。


次に装備を取り扱っている店に移動する。そこで環奈ちゃんの防具を見繕う。

ただし予算の都合があるので、あまり高額な装備の棚に近付けなかったのが情けない。

「これでどうですか？」

「ん〜、ちょっと回ってみて」

先ほど買った探索者用の服に着替え、その上に防具を試着した環奈ちゃんがこちらに振り返る。

その視線には何か期待のようなものが込められている気がしたけど、今のところそれは問題ではない。

まるでアイドルのように愛らしいターンを決めた環奈ちゃんだが、その際に多少胸当てがずれたのを見逃さなかった。

「少し固定が弱いね。背中を向けてくれるかな」

「あ、はい」

両手を広げて俺に背中を向ける環奈ちゃんだが、その仕草がまるで子供のように見えて噴き出しそうになる。

いや、実際彼女はまだ子供なんだけど。

「ちょっと締め付けを強くするよ」

「緩いですか？」

「うん、少しね。防具は緩みがあると動きを阻害するから、しっかり固定しないと」

「あ、そうだったんです——ひゃっ」

彼女の背中に無遠慮に触れたせいか、彼女の身体《からだ》がビクンと跳ねる。

「あ、ゴメン。痛かった？」

「いえ、そうじゃなくって」

「ん？」

俺の質問には特に答えるわけでもなく、ごにょごにょと口籠《くちご》もる。

とにかく、彼女の防具を仕上げる方が先だった。

各所のベルトを締め直し、防具をしっかりと固定していく。

その都度に彼女は『あうっ』とか『んひょ』とか奇声を上げていた。

「どう？　動きにくくない？」

「あっ、はい。大丈夫です。すごいですね、全然ずれない」

「お店の正規品だからね」

量産品というのは個人に合わせて作られるものではない。

しかし、万人にある程度合わせる仕様で作られてはいる。ましてや品質において世界に名を轟《とどろ》かせる日本製だ。

多少の違和感はあるかもしれないが、支障が出るようなずれは出てこないはずだった。

「でもいいんですか？　私の予算じゃこの防具は……」

「いいって。あまり高いものは俺も買えないけど、新しい弟子に贈り物ってことで」

「弟子……ですか」

「え、違った？」

環奈ちゃんは、俺の言葉に不満有り有りという風情で頰を膨らませている。

せっかく楽しく買い物をしていたのに、機嫌を損ねてしまったかと不安になった。

しかし俺の慌てようを目にして、彼女は即座に作り笑いを浮かべる。

「あ、いえ。なんでもないですよ、なんでも」

慌てて両手を振って取り繕う彼女に、俺は自分が何かを失敗したと知る。

ペロルなどは素直に感情を口にしてくれたし、アクアヴィータ姫は自制心が強かったので、ある程度こちらの不出来を受け入れてくれていた。

だから女性に気を遣うという行為は、これが人生で初めてかもしれない。

きっと何か彼女の地雷を踏んでしまったのだろう。

「なんか、ゴメンね。気が利かなくて」

「いえ、本当に何でもないんです。私のワガママなだけで」

「何かしてほしいこととかあるなら、遠慮なく言ってね。俺は君の師匠なんだから」

「うっ、言ったそばから……」

これはダメだと言わんばかりに、がっくりと肩を落とす。

俺はその意味がわからず、頭を掻《か》いてその場の空気をやり過ごすしかなかった。

探索者用の服屋と装具屋を回ったおかげで、結構な時間が経《た》ってしまっていた。

彼女もそろそろ寮に帰らないといけない時間だけど、昼間のことが少し気がかりだった。

ああいう連中は半端な制裁では逆恨みしてしまうので、俺でなく彼女を標的に復讐《ふくしゅう》にやってきかねない。

そこで心配になった俺は、今回は彼女を寮まで送ることを決断した。

「悪いけど、今日は寮まで送らせてもらうからね」

「えっ⁉　でも、寮監に見つかったら、面倒なことになりますよ？」

「昼のことを忘れちゃダメだよ。ああいう連中は根に持つから」

「ええっ、じゃあ、今も見張られてるとか？」

「いや、それはないけどね」

異世界で転戦を繰り返した俺は、殺意というものに敏感になっている。

あいつらがもし今も見張っているとすれば、俺が気付かないはずがなかった。

だが今安全だからと言って、帰宅途中まで安全だとは限らない。

俺と一緒にいない隙に仲間が狙われるという事件も、異世界で何度も経験していた。

「あの時はヴィータ様が無双してくれたから、事なきを得たんだったよなぁ」

「ヴィータ様？」

「あ、いや。なんでもないよ」

彼女に異世界の事情を話しても、ピンとこないだろう。

せっかく慕ってくれているのに、変な夢想癖がある男だと思われたくない。

「いいから。門限に遅れたら怒られちゃうんだろ？　送っていくからさ」

「うー……それじゃ、遠慮なくお願いします」

「はい、心得ました。お姫様」

俺が恭しく一礼してみせると、彼女は顔を赤くして黙り込んでしまった。

異世界仕込みの騎士の礼だから、少し刺激が強かっただろうか？

俺みたいな平凡な男でもそこそこ凛々《りり》しく見えるのだから、姿勢と仕草の洗練というのは、意外と侮れない。

彼女の手を宝物のように優しく手に取り、駅に向かって歩き出した。

この後も彼女は黙り込んだままで、俺の方が不安になってしまったくらいだ。

妙に気まずい時間が過ぎて、何か話さないといけないと思いつつも適当な話題が思い浮かばず、無言の時間が続く。

そんな微妙な時間を救ってくれたのは、案の定あの連中だった。

「あ、環奈ちゃん、少し待ってくれる？」

「え？」

「ちょっと用事ができちゃってさ。そこの店でお茶でも飲んでて」

最寄りの喫茶店を指さし、握っていた彼女の手に千円札を数枚握らせる。

「ちょ、あの、いったい……」

彼女の疑問に答えるより先に、俺は足早に殺気に満ちた路地裏へと踏み込んでいった。


人目のない路地裏で昼間に見た三人組が、怒りに燃える視線で俺を睨《にら》みつけていた。

背後の気配を探ってみると、環奈ちゃんはためらいながらも、俺が言ったように店に避難したようだった。

「なにか用かな？」

「しらばっくれてんじゃねぇよ、『バールおじさん』」

「俺のこと知ってたんだ？」

「調べたんだよ、1レベルが！」

俺を揶揄《やゆ》する言葉として『1レベル』というものがある。

いつまで経ってもレベルアップしない俺のことをバカにしている連中が広げている呼び名だ。

毎日ゴブリンだけを狙ってダンジョンに潜り、小銭を稼いで管理局に気に入られる雑魚《ざこ》。

そう見ている連中が少なくないことも、知っていた。

「人のナンパを邪魔しておいて、自分だけお楽しみかよ」

「てめぇボコった後は、あの女にも詫《わ》び入れてもらうからな！」

「タマ潰れるかと思ったじゃねぇか。てめぇも同じようにぶっ潰してやるからな」

潰れるかと思ったということは、潰れてなかったらしい。だというのに俺のは潰そうというのだから、理不尽な話だ。

もっとも怒り狂ったバカというのは、理屈も常識も通用しない。

異世界でもこういう奴《やつ》は何人もいた。

「つまりお前らは俺に暴行を加えて、彼女にも乱暴するつもりなんだな？」

「そう言ってんだよ、バカが」

「しょせん1レベルだからな。頭の巡りも悪《わり》ィんだろ」

「あの女が今から楽しみだぜ」

「わかった。つまり遠慮はいらないってことだ」

と言っても、この日本で殺人を犯した場合、過剰防衛で俺の方が罪に問われる可能性がある。

かと言って野放しにした場合は、いつまでも彼女が狙われることになるだろう。

「殺さない程度に……しかし、やるなら徹底的に、だな」

俺は多少の覚悟を決め、凶悪な笑みをこぼす。

それを見た男たちは何か感じるところがあったのか、数歩後ずさりした。

そして俺は、自分の闘争本能を解き放つことにした。

最初にリーダーと思《おぼ》しき男の首を引っ摑《つか》み、そのまま持ち上げる。

絞首刑のように吊《つ》り下げられた男はもがき苦しみ、俺に向かって蹴りを入れてくる。

一般人なら、その蹴りで吹っ飛ばされていただろうが、俺にとっては蚊に刺されたほどにも感じない。

存分に反撃させ無力感を堪能させた後、俺は男を地面に叩《たた》きつけた。

それだけでコンクリートは砕け散り、男は地面にめり込んだ状態で失神していた。

残る二人は俺に殴り掛かろうとしていたようだが、あまりの仲間のやられようを見て、たじろいでいる。

その隙を逃さず、俺は残る二人も同様に容赦なく摑み上げて地面に叩きつけ、失神させた。

「さてと、あとは後始末だな」

このまま放置しておいたら、男たちの口から俺の存在が警察に伝わり、俺が捕まる可能性があった。

だから別の犯人を偽装して、他の人間の目に晒《さら》し、騒ぎにする必要があった。

鉄球を一つ取り出し、ゴーレムを一体作り出す。

そのゴーレムに男たちを掴ませ、街路の方に放り投げさせた。

男たちは壊れたおもちゃのように路上に投げ出され、何事かと野次馬《やじうま》が集まってくる。

そこに俺のゴーレムを進み出させ、その姿を衆目に晒した。

「なんで、こんなところにモンスターが⁉」

「た、助けて！」

「きゃあああああああああああっ‼」

悲鳴と疑問が沸き上がり、混乱が周囲に満ち溢《あふ》れる。

狼狽《ろうばい》して転倒し、数名の怪我《けが》人が出たようだが、そこは申し訳ないと思う。しかし俺だって犯罪者になりたくはないのだ。

存分に衆目に存在をアピールしたところで、俺はゴーレム召喚を解除した。

触媒に戻ったゴーレムは、大きさ一センチ程度の鉄球でしかない。

もちろん魔力は籠もっているのだが、それは専門の研究者が見ないとわからないだろう。

突然現れ、そして掻き消えたゴーレムに大衆は混乱する。

その混乱に紛れるようにして、俺は環奈ちゃんが待つ喫茶店に逃げ込んだ。

店内を見回し、環奈ちゃんを見つける。

「刀護さん！」

「おまたせ」

「いえ、それよりモンスターが出たって騒ぎが……」

「そうみたいだね」

人目があるので触媒の回収には行けないが、まぁ一個くらいならすぐに作り直せるので良しとする。

「そうみたいだねって……」

「ほら、もう消えちゃったみたいだし」

「えっ、消えたって⁉」

俺の背後を覗《のぞ》き込む環奈ちゃんの背を押して外を覗かせる。

そこには破壊された街路と、突然消えたゴーレムに困惑する群衆の姿があった。

「え、ええ？」

外の群衆と同じように目を丸くする彼女は、子猫みたいで微笑《ほほえ》ましい。

俺は思わず小さな笑みを漏らして、彼女の座っていた席に着く。

外の騒動のせいでなかなか注文を取りに来てくれなかったので、ベルを鳴らす。

この混乱でも悠然としている俺に困惑した様子のウェイトレスにコーヒーを注文して、大きく息を吐《つ》いた。

安田とかいう探索者に絡まれたり、変な連中に絡まれたりしたが、小動物のような環奈ちゃんと買い物を楽しめたのだから、差し引きは充分プラスだろう。

◇◆◇―◇◆◇

ゴーレムが街中に出現した。そのニュースはただちに警察に伝えられ、そして厚生労働省の迷宮管理課にも伝えられた。

ダンジョンからモンスターが出てくるという事象は、少数ではあるが存在している。

事実、日本でも初期の頃にその被害を出していた。

「街中にモンスターが!?」

報告を聞いた迷宮管理課の高橋は、驚愕《きょうがく》の声を上げた。

日本は迷宮管理が比較的成功している国であり、周辺の安全も確保されている方だ。

魔石回収に関しては他の国から後塵《こうじん》を拝しているが、積極的に自衛隊の特殊部隊を迷宮の管理に投入し、治安の維持に励んでいる。

「ええ。ですがすでに討伐されたのではという話で……」

報告を持ってきた相方の田中は、困惑したように報告書を読み上げる。

彼の声にも、納得がいかないという感情が有り有りとにじんでいた。

「報告によると十四時四十八分に警察にモンスター出現の報が届きました。即座に現地警官が対応に向かいましたが、すでにモンスターの姿はなく、目撃者の証言や監視カメラの映像からは『消えた』としか……」

「消えた？」

「はい。すでにSNSに投稿された動画などもありましたので、そちらもチェックしたところ、本当に霧のように消えていました」

野次馬が撮影した画像や動画が、短文投稿サイトや動画配信サイトなどですでにアップロードされていた。

危機感の薄い日本人は、死を目前にしても他人事《ひとごと》のように行動する者も多い。

モンスターを前に撮影するなど、ダンジョン管理の甘い海外ではあり得ない愚行だった。

その呑気《のんき》さに高橋は頭を抱えてしまう。

「過去に死者も出ているというのに……」

「おかげでこちらの情報収集は楽になりますけどね」

「死者が出たら非難の矢面に立たされるのは俺たちだぞ」

「それは勘弁してほしいですね。で、どうします？」

「どうしますもなにも……ひとまず現場に行かなきゃ話にならないだろう」

一般の警察ではダンジョン関係の事件は把握しきれないだろう。

そう考えて、高橋は田中を連れて庁舎を出た。


移動の車中で、件《くだん》の動画を確認する。

「なんだ、これは？」

「このサイズでこの頭身だと、中に人が入っているということはなさそうです」

「手足の比率が短過ぎる。あと足の間も広いから人間では無理だな」

歪《いびつ》な形状ゆえに明らかに人が入っていないと、見てわかる。

しかしそれならそれでモンスターの可能性が上がるということで、これもまた頭の痛い問題だった。

「しかもこの消え方……モンスターが倒された時の消え方に似てるが——」

「倒した者がどこにもいませんね。普通の消え方じゃありません」

「魔石も残されていなかったんだろう？」

「近隣の監視カメラをまだチェックしていませんが、報告には上がってきていませんね」

「また面倒な……」

今度こそ、高橋は頭を抱えた。

この一か月、彼の担当する区域で奇妙な出来事が頻発していた。

最初は一本の緊急救助要請の連絡からだった。


その日、厚生労働省に届いた連絡は、奇妙な男が保護されたというシンプルな連絡だった。

崖の中腹に全裸の男が引っ掛かっている。その情報を受けて山岳救助隊が即座に編成され、ヘリまで動員して救助された男。

それがなぜ迷宮管理課の自分に？　と疑問に思っていたが、件の男に会ってみるとその認識は一変した。

警察が男の歯の治療痕などで身元照会を行ってみると、男は八年前にダンジョンに落ちて死亡認定された男だったらしい。

その男——夏目刀護に会いに行くと、彼はまだ意識を取り戻してはいない状態だった。

担当医師の話を聞くと、意識は戻っていないが命に別状はないということだった。

それは刀護の異様に鍛えられた肉体のおかげだとも言っていた。

実際に目にしてみると、明らかに通常のトレーニングでは身につかない強靭《きょうじん》な肉体がそこにあった。

まったく無駄のない筋肉はマッチョというほどボリュームがあるわけではない。

しかし彫刻作品のように研ぎ澄まされた肉体は、明らかに室内トレーニングのものとは別物。

それを証明するかのように、全身に無数の傷痕が残されていた。

「この傷痕は……？」

「救助した時のものではありません。かなり古いものも含まれていますから」

「いったいどこで？」

「わかりません。ですが……」

「が？」

そこで医師は口をつぐむ。怪訝《けげん》に思った高橋が先を促すと、医師は重々しく続きを口にした。

「検査の結果、『位相干渉能力』が確認されました」

「モンスターを倒せる人材だと？」

「それも、この傷の様子だと、かなりの『経験』を積んでいるかと」

「だとするとかなり戦力として期待できますね」

「ええ、おそらく」

日本は魔石回収で出遅れている。自衛隊の専門部隊も投入しているが、民間での活躍が特に海外より遅れている。

おかげで常に戦力不足に悩まされていた。

焼け石に水かもしれない。事情もあるのだろう。それでも遅れを取り戻すために、この男を投入しようと、この時の高橋は考えていた。

高橋の目論見《もくろみ》が当たったのか、夏目という男は普通の人間ではあり得ないほどの忍耐力を発揮して、魔石を供給し続けてくれた。

それは良かったのだが、彼は『バールおじさん』と呼ばれ始め、彼をリスペクトした探索者がバールでダンジョンに挑むという事件まで起き始めた。

武器が武器足りえるのは、武器として設計製造されているからだ。

高い殺傷力と頑丈さ。それは工具では及ばぬ性能を持っているとも言える。

彼の真似《まね》をして怪我《けが》をする者も報告され始めていた。

「夏目刀護、そして無駄なバール人気、スケルトンの出現、とどめはダンジョン外のモンスター……」

頭を抱え、天を仰いだまま、高橋は呟《つぶや》く。

目的地に着き、車が止まっても微動だにしない高橋に、田中は心配そうに視線を向けた。

「大丈夫ですか？」

「ああ。スケルトンの事件で少し寝不足だっただけだ」

先日報告されたスケルトンの目撃情報。それを知り、過去のスケルトンの出現地域の再確認や討伐報告などに目を通し直していた。

おかげで睡眠時間がかなり削られ、寝不足である。

頭を一振りしてからドアを開け、事件現場に足を踏み入れた。

「ＪＤＭの高橋です。現場は？」

群衆整理をしていた警官に身分証を見せながら尋ねる。

なぜか公僕に対しては、正式な組織名より略称の方が印象が良くなるので、高橋はそちらを名乗っていた。

「ＪＤＭ……ああ、迷宮管理課の！　お待ちしておりました、こちらです」

「モンスターのその後は？」

「姿を現しませんね。あの一体だけだったらしいです」

「まだ断定はできませんけどね」

二体目以降の出現を警戒する高橋の言葉に、呑気な答えを返す警官。

その反応に、高橋の頭痛は少し重くなる。

「モンスターは――」

「ああ、大丈夫です。見ればわかります」

「ですよねぇ」

アスファルトや石畳には、足跡らしき陥没がそこかしこに残っていた。

それは路地裏から街路に出てきて、そして消えている。

街路を覗き込んだら、そこにはさらに大きな陥没が三つ、残されていた。

「戦闘痕、ですかね？」

「被害者は三名。５レベルの探索者ですね。すでに搬送済みらしいです」

「ああ、搬送先はあだし野病院です。名前は――」

警官から負傷者の名前を聞き出し、高橋はその名をメモに取る。

「他にも数名の怪我人は出ましたが」

「そちらは病院に尋ねれば、身元はわかりますか？」

「ええ、おそらくですが」

病院の患者情報なので、警官では詳細を知り得る立場にないのだろう。

直接の被害者でなくともモンスター絡みの負傷なら、迷宮管理課が担当せねばならない。

見舞いに行くのは職務に含まれないのだが、ここでフォローを入れておかねば、悪評が立って組織全体が叩《たた》かれかねないからだ。

上層部はあまりいい顔をしないが、市民の協力が必要な現状、できる限り良い顔をしておきたい。

「重傷者は探索者だけですか？」

「はい。野次馬《やじうま》の怪我人は軽傷者だけらしいですよ」

「不幸中の幸いですね……ん？」

そこで足元に硬い感触を覚え、靴の下を覗《のぞ》き込む。

「パチンコ玉……いや？」

手袋をしてからその鉄の塊を手に取る。

鉄らしく見た目より重い感触。表面は磨かれたように光を反射していた。

「この大きさはスリングの弾か」

「なんですか？」

「ああ、これがここに落ちていてね。少し場違いだと思わないか？」

「パチンコ玉より大きいですね。なにかのベアリング……いや、スリング弾ですか？」

「おそらくな」

何かを見つけたと察したのか、警官が即座に証拠品を収めるビニール袋を取ってくる。

そこに鉄球を収めながら、高橋はもう一度現場を見回す。

「他には何もなさそうだな。とりあえずその鉄球は鑑識にお願いします」

「了解しました！」

警官はそう口にすると、現場を指揮する上司のもとへと向かっていった。

「あの弾でゴーレムを倒したんですかね？」

「どうだろう？　それにしては綺麗《きれい》なままだったよ」

ＳＮＳに上げられていた映像では、モンスターは三メートル近い巨体だった。

だがその巨体でも、アスファルトに足跡を残すほどの質量とは思えない。

日本のアスファルトは質が高い。あの程度の重量なら充分に支えられていたはずだ。

残された足跡は、まるでわざと残すために、踏みつけていったかのように見える。

それにこの鉄球でゴーレムを倒したのだとすると、もっとひしゃげるなり割れるなりの変形があるはずだ。

ならば完全な球状を保っているあの鉄球は、明らかにおかしい。

「とはいえ、これで何が起こったかわかるほど、決定的な証拠にはなりそうにないよなぁ」

「またしばらくは残業ですね」

田中の言葉に高橋は再び額に手を当て、天を仰いだのだった。

再会

その日も、俺は環奈《かんな》ちゃんと一緒にダンジョンに潜っていた。
フォーメーションも以前と同じ、俺がゴブリンを押さえ、彼女が後ろから撃つ形だ。
この一か月、ダンジョンに潜り続けているおかげで、一層の地形はほぼ把握している。
そこに俺の気配察知能力を合わせて、最短でゴブリンを探し当て、狩っていく。
すでに彼女のためらいも薄らぎ、滑らかな動きでゴブリンを射撃していた。
「だいぶ慣れてきたみたいだね」
「はい、刀護《とうご》さんのおかげです」
連続して三戦し、いったん休憩を挟んでいる間に、彼女の様子を見る。
ゴブリンを倒すことにもかなり慣れ、ためらうことも少なくなってきた。
弓に擬態したゴーレムは、俺の魔力がある限り消え去ることはない。
そして俺の魔力は、ゴーレム一体では消費しきれないほど潤沢だった。

出しっぱなしにしても回復量の方が多い。

しかしこの日は弓の補助もほとんど必要なく、高い命中率を発揮しつつあった。

この調子なら、ゴーレム化した弓の能力を取り払う日も近いだろう。

「この弓もだいぶ馴染《なじ》んできてる感じです」

「そうみたいだね。気に入ってくれてよかった」

もともと弓にかなり高い適性を持っていたのかもしれない。

そこで彼女が、妙にもじもじした動きを見せていることに気が付いた。

「どうかした？　あ、ひょっとしてトイレとか？」

「違いますっ⁉」

少々デリカシーに欠ける質問だったからか、彼女は強い口調で否定した。

顔も赤くなっていたので、これは俺の失言だったと理解する。

「あー、ゴメン。よく気が利かないと言われるんだ」

「い、いえ。私こそ怒鳴っちゃってごめんなさい。実は……」

そこで環奈ちゃんから、寮の同室の生徒もダンジョンに適応できずに困っていることを告げられた。

できれば彼女もコーチしてほしいと、頼まれる。

「うーん……その子もとどめを刺せないタイプなんだ？」

「いえ、私ほど酷《ひど》くはないんですけど、やっぱり一瞬躊躇《ちゅうちょ》しちゃうみたいで」

「浅層ならともかく、もっと強い敵が相手だと致命的だよね、それ」

「はい。ですから」

彼女の言いたいことはわかる。しかし、一人だけなら弓を薦めて遠距離での戦いを教えればいいが、二人とも同じ戦法となると、ちょっと問題がある。

二人とも遠距離だと、敵の押し付け合いが発生しかねない。

「二人が同じ戦い方をする必要はないか。ならその子には敵を引き付けて耐える立ち回りを教えれば……」

「引き受けてもらえるんですか？」

「うん、まぁ。佐藤《さとう》さんだけってのも、なんだか贔屓《ひいき》みたいになっちゃうからね」

「やった！　じゃあ、今度連れてきますね」

「ああ、いいよ」

彼女と同室ってことは、その子も女子高生ということである。

女っ気のない俺としては、断る理由はない。

異世界で勇者と呼ばれていたが、決して聖人君子ではない。それなりな下心だって持ち合わせていた。

もっとも、俺の周辺の女性は、俺がドン引きするほど下心を隠さない連中だったので、残念ながら何事もなく帰還してしまった……

ともあれボッチでダンジョンに潜るついでに、潤いと癒やしを求めても罪には問われまい。

「そういえば、今日もそろそろ二十四くらいですね」

「もう？　ペース上がったなぁ」

前回は二十四に到達するまで二時間ほどかかった。しかし今日は一時間半程度しか経《た》っていない。

手順がわかったというのもあるだろうけど、彼女の連携速度が上がったのが大きい。

こちらが指示を出すより先に俺が押さえた敵を射抜いているので、ペースが上がっている。

「うん、佐藤さんも手慣れてきたね」

「はい！　あ、そうだ……」

「なに？」

再び彼女はもじもじと指を絡め出す。

何か言いにくいことでもあるのだろうかと、身構えた。

しかし彼女の口から飛び出したのは、まったく別のことだった。

「私も『刀護さん』って呼んでいるんですから、刀護さんも『環奈』って呼んでください」

「えっ⁉」

一瞬嬉《うれ》しさでにやけてしまいそうになったが、妹と同年代の彼女と仲良くなってしまうのはどうかと煩悶《はんもん》する。

しかし、目の前の彼女の悲しそうな表情には勝てなかった。

「うー……」

「え、えっと……環奈、ちゃん？」

「はい！」

少し恥ずかしそうに頬を染めながら、こちらに笑顔を向けてくれる。

この控えめな好意はとても可愛《かわい》らしい。

これがペロルだったらそのまま飛び掛かってきていたし、アクアヴィータ姫なら『冗談言わないで』と言いながら物理的なツッコミを食らっていただろう。

うん、あの姫様、見た目と違って過激なツッコミをしてきたからな。

そのまま互いに見つめあい、沈黙が続く。

俺もこんな反応を返されたのは初めてなので、なんと言葉を返していいのかわからない。

恋愛経験は、ほとんどないのだ。

「と、とにかく、今日はこの辺にしようか？」

「わかりました。私もムナッちに知らせないといけないし」

「その『ムナッち』っていうのが、同室の女の子？」

「はい。少し気が強いんですけど、良い子ですよ」

環奈ちゃんの言葉に俺は少し安心した。気難しい子だったらどうしようかと、内心ちょっと心配になっていたからだ。

なにせ俺は、異世界八年生。今の日本の事情なんてほとんど知らないわけだから、話題についていけない可能性がある。

無邪気にジェネレーションギャップを指摘されたら、ちょっと耐えられないかもしれない。

そんなことを考えながら地上に戻って、魔石換金所に向かう。

「あ、夏目《なつめ》さん！　今日もお疲れ様です」

「いつもお世話になってます。今日もお願いしますね」

「はい」

カウンターのお姉さんが、いつもの朗らかな口調で挨拶してくれる。

おかげでダンジョンでの疲労が吹っ飛んだ気分だ。

「今日も佐藤さんと一緒なんですね？」

「ええ。しばらくの間だけですけど」

「でも、夏目さんも1レベルなんですよね」

「そうですね。でも、考え方次第で、多少は楽になるんで」

世間話をしながらカウンターに魔石を載せる。彼女も話をしながら魔石買い取りの手続きをしてくれた。

この辺は互いに手慣れたものである。

「手は出してませんよね？」

「物騒なこと言わないでください!?」

「まぁ、私は夏目さんを信頼していますけど」

「信頼している人はそんなこと言いません！　まったく」

「ごめんなさい、言葉が過ぎましたね」

ニコニコ笑いながら明細とお金をトレイに載せてこちらに差し出してくる。

金額は十四万円。今日一日で二十八匹倒した計算になる。

俺は五万円を俺の口座に、二万円を財布に入れ、残った七万円を環奈ちゃんに渡す。

「はい、今日の収入」

「夏目さんに押さえてもらっているのに、山分けなんて悪い気がします」

「気にしないで。次からはもう一人増えるから、ちょっと減るかもしれないけど」

「それは気にしてません。今ですら稼ぎ過ぎな気もして、ちょっと震えてますから」

「さすがにそれは大げさだよ」

軽く冗談を交わしてから、環奈ちゃんは手を振って建物から出て行く。

名残惜しそうではあったが、彼女には寮の門限があるのでしかたない。

「じゃあ、夏目さん。また明日、ムナッちと一緒によろしくお願いします！」

「ああ、楽しみにしているよ」

「私と一緒なのは楽しみじゃないんですか？」

「それももちろん楽しみだから。気を付けて帰るんだよ？　本当に送らなくても大丈夫？」

「大丈夫です。寮監に見つかると、面倒だし」

「俺も頑固な大人ってのは遠慮したいからなぁ」

「あはは、じゃあ、また明日です！」

「うん、またね」

手を振りあって環奈ちゃんと別れると、背後から何やら圧を感じた。

恐る恐る振り返ると、受付のお姉さんが何やらすごい目でこちらを見ていた。

「あの、なにか？」

「夏目さん、また女子高生に手を出すんですか？」

「またってなんですか⁉　それに手も出してませんよ！」

「いかにダンジョン内では日本の法律が適用されないとはいえ、彼女は未成年ですよ？」

「わかってます、わかってますから！」

ずいっとこちらに顔を寄せて睨《にら》んでくる彼女の迫力に、俺は両手を上げて無罪を主張した。

「どうしたんです、急に？」

「なんでもありません。そもそも夏目さん、私の名前だって知らないですし……」

「え？　遠藤《えんどう》さんですよね。名札にそうありますし」

「知ってくれてたんですか？」

「そりゃあ、いつもお世話になってますし」

彼女の名前がなぜ関係してくるのかさっぱりわからないが、名前を口にした瞬間、彼女の態度が軟化した。

というか、上機嫌になった。

毎日話をしているのに、名前を呼ばなかったのが気に入らなかったのだろうか？

親しき中にも礼儀ありとも言うし、これからは積極的に名前を呼んでいくことにしよう。

魔王軍の領域内で、見知った仲間と長く旅をしていたせいで、仲間以外の名前を呼ぶということを意図的に避けていたのかもしれない。


翌日は土日にかかったので、朝からダンジョンに潜ることにしていた。

先に着いて環奈ちゃんを待つ俺だったが、ダンジョンに向かう人々が俺に視線を向けてくる。

ジロリと俺を睨み、俺の腰にぶら下がったバールを見て安心したように口元をほころばせるのは、いったいどういう意味があるのか……

そんな視線に晒《さら》されるのがどうにも気になって、俺は襟を口元まで上げ、ゴーグルをかける。

これであっという間に不審者の誕生だ。

「これで落ち着いた視線を向けられるとか、ここの連中は趣味がおかしいんじゃないか……？」

謎の視線を向けてくる探索者への愚痴を一つ漏らしているうちに、環奈ちゃんが一人の女の子を連れてやってきた。

彼女より少し背が高く、スタイルが良く、そして顔つきがキツい。

ついでに言うと、こちらに鋭い視線を向けてきていた。

「刀護さん、おまたせしましたぁ！」

「やぁ」

「今日はバールおじさんスタイルなんですね？」

「いや、視線がきつくて。なんでバール持ってると安堵《あんど》されるんだろう？」

「その気持ち、私もわかります」

「わからないで」

軽口を叩《たた》きあいながら、俺は環奈ちゃんと挨拶を交わす。

同時に彼女の後ろについてきた女の子にも視線を向けた。

彼女が俺にきつい視線を向けるのは、おそらくこちらを警戒しているからだ。

先日、ルームメイトの環奈ちゃんが遭った事件を考えると、その警戒も無理はない。

「あ、こちらが私の同室の子でムナッち……宗像《むなかた》美弥《みや》ちゃんです」

「ああ、よろしく。俺は夏目刀護。バールおじさんって呼ばれて——」

「なつめ、とうご……？」

俺がゴーグルと襟を下げながら名乗ると、彼女は驚愕《きょうがく》の表情を浮かべた。

目を丸くするときつめの目つきが柔らかくなり、その顔はどこかで見た記憶が……

「うそ……お兄ちゃん？」

「まさか、美弥か⁉」

俺を兄と呼ぶような存在は、美弥しかいない。異世界では昔ペロルが呼んでくれていたが、日本では美弥だけだ。

目が丸くなって幼くなった表情にも、昔の面影がある。

「美弥、なんで、ダンジョンに……」

「お兄ちゃんこそ、なんでこんなところにいるのよ！　会いたくないって言ったのに！」

「いや、お前が来るなんて知らなかったから」

「そんなこと知らないから！」

美弥は混乱しているのか、周囲の視線も気にせず、そう喚《わめ》き散らす。

俺はその視線に気が付いてはいたが、今はそんなことどうでもいい。

そして俺たち以上に混乱して、あわあわと左右に首を振って見比べる環奈ちゃん。

平時なら可愛《かわい》い仕草なのだが、今はそれどころじゃない。

「もうやだ、肝心な時にいなかったのに……」

「それは——！」

真実を口に出しそうになって、俺は慌てて沈黙する。

彼女たちに異世界と言って、信じてもらえるだろうか？

ただでさえ悪印象を持たれているのに、異世界に行っていたと聞かされて信じられるだろうか？

俺なら確実に、適当なことを言って場をごまかそうとしていると考えるだろう。

「……言えないんだ。結局私のことなんて、その程度にしか考えてないんだ！」

「ちょっと待て。話す！　話すから！」

しかし美弥は俺の話を待つことなく、その場から駆け出した。

俺の前から逃げ出したい一心なのだろうが、その先が問題だ。

美弥が逃げ出したのは、ダンジョンの方。日本では屈指の危険地帯である。

「美弥っ⁉」

俺は彼女を追いかけようとして、足を止めた。

ここには俺と美弥だけじゃなく、環奈ちゃんもいる。

彼女はこの間、男性に襲われたばかりだ。衆目を集めてしまった状況で、一人で置いていくのはどうだろう？

俺はちらりと彼女に視線を向けると、環奈ちゃんもこちらの意図に気付いたらしい。

「私は大丈夫ですから、ムナッちを追いかけてください！」

「ごめん、この借りは後で絶対返すから！」

「はい、楽しみにしてます！」

未来が不安になるような返事を背に受け、俺は美弥を追いかけてダンジョンに入った。

美弥に遅れること数秒。わずか数秒だが、全力疾走する相手にとっては致命的な数秒だ。

特に視界を遮るものが多いダンジョン内では、なおさらだった。

「くそっ、どっちに行った⁉」

入って十数メートルで道が二手に分かれている。

一般人なら追いつけたかもしれないが、まだ若く体育で身体《からだ》を鍛え、ダンジョンでも鍛えている美弥なら二秒以下で到達できる距離だ。

俺が環奈ちゃんに視線を向けている間にここまで到達し、俺は美弥の姿を見失っていた。

慌てて左右を見回し、目撃者がいないか探してみるが、見当たらない。

「えっと、えぇ……」

左右の道の先はさらに曲がりくねっているはずで、かなり進まないと追いつけないだろう。

「ああ、くそっ！」

他に手も思いつかなかったので、俺はウェストポーチに手を突っ込み、鉄球を一つ地面に放り投げる。

鉄球は地面を数回転がった後、ムクムクと膨れ上がり、人型の姿を取った。

「お前はそっちに行って美弥を探せ、危険なら守れ」

俺はそう怒鳴りつつ右の道を進んでいく。

鉄球から作り上げたゴーレムは、俺の命令通りに左に進み、角を曲がって姿を消した。

俺のゴーレムは簡単な命令を遂行することもできるが、視界の共有なども可能。

さらに遠隔操作で命令の更新も可能なので、一種の使い魔に近いのかもしれない。

「こっちじゃないのか？」

しばらく進んでも美弥の姿が見当たらない。

俺の敏捷力《びんしょうりょく》なら、もう追いついてもいい頃合だというのに。

そんな思考が脳裏によぎった瞬間、ゴーレムの視界に美弥の姿が映った。

「やっぱり反対か！」

ゴーレムの視界には美弥だけでなく、ゴブリンも映っていた。

しかも物陰から不意を打たれたのか、足を強打されていた。

あの状況だと、逃げることはできなくなっているだろう。

その光景を把握し、俺はゴーレムに再度防衛命令を下す。

美弥の脳天にゴブリンの棍棒《こんぼう》が振り下ろされそうになった時、ゴーレムがゴブリンに突進し、撥《は》ね飛ばす。

その光景を脳裏で見ながら、俺は来た道を引き返した。

すでに交戦中、普通なら間に合わない距離。

しかし俺の敏捷力は一般人の範疇《はんちゅう》にない。

目的地さえ定まっているのなら、出し渋っている場合じゃない。

「待ってろ、美弥！」

Ｆ１マシンもかくやという速度でダンジョン内を駆け抜け、曲がり角などは壁を蹴って減速せずに曲がる。

脳内の光景では、ゴブリンが立ちはだかるゴーレムに殴り掛かっていた。

鉄製のゴーレムは実のところさほど強くはない。しかしゴブリン程度に倒されるほど弱くもない。

ガンガンとゴーレムは殴られるが、へこみ一つできていなかった。

しかし守られている美弥は突然目の前に現れたゴーレムに怯《おび》え、混乱し、硬直していた。

やがて脳裏の光景が俺の目の前に現れる。

「美弥に何しやがる！」

その光景を実際に目にした瞬間、俺の中で何かのタガが弾《はじ》け飛んだ。

怒りに任せてゴブリンを叩き伏せ、ゴーレムの関節を固定させる。

そして殴り倒されたゴブリンに向けて、ゴーレムの形をした鉄塊を持ち上げ打ち付けた。

ゴブリンごときが、この質量攻撃に耐えられるはずがない。

いや、最初の一撃の段階で耐えられるはずがなかった。

「美弥、無事か？」

「お、お兄……ちゃん……」

へたり込んだままの美弥を見ると、足を打たれ、腰を抜かしてへたり込んでいるが、命にかかわるような大きな怪我《けが》をした様子はない。

「怪我は……足だけか。よかった」

美弥の無事を確認し、俺は大きく息を吐《つ》いた。

ゴーレムに硬直の命令を解除し、改めて周囲の警戒に当たらせる。その間に美弥の怪我を確認しようと、一歩踏み出したところで、美弥が限界を迎えた。

「お兄、ちゃん……もう、もうやだああああああああっ！」

絶叫のような泣き声。ダンジョン内において、大きな音を立てるのは禁止行為と言ってもいい。


その音や声が敵を呼び寄せてしまうからだ。

だが今は、そんなことは問題ではない。目の前で泣いている美弥が最大の問題だ。

「あ、あの、美弥？」

「やだ、やだやだやだ！　もう全部やだ！」

「えっと、その……」

駄々《だだ》っ子のように地面を平手で叩《たた》き、不満をぶちまける美弥。

俺はその前で何も言えず、ただ狼狽《うろた》えるばかりだった。

「あー、えっと。ごめんな、待たせた」

ただ、謝罪の言葉しか出ない俺だったが、それが美弥の待っていた言葉だったのか、俺にすがるようにしがみついてきた。

長年、妹とのスキンシップから離れていた俺は、何もすることができず、ただペロルにしていた時のように、頭を撫《な》でてやる。

それで落ち着いたのか、美弥の嗚咽《おえつ》は少しずつ小さくなっていった。

その後、駆け付けてきた環奈ちゃんと合流し、今日のところはとりあえず俺のアパートに移動することにした。

これは環奈ちゃんと美弥の部屋は女子寮なので、俺が入れないからだ。

そして喫茶店などの店を利用しないのは、俺の話を他の誰かに聞かれたくなかったから。

厚生労働省の高橋《たかはし》には秘密にしていることだが、美弥には秘密を作りたくない。

俺が異世界に行っていたことを、美弥と、美弥の同室である環奈ちゃんにも聞いておいてもらいたいと考えたからである。

ちゃぶ台一つしかないワンルームのアパートに案内し、途中で買い出ししたお茶とお菓子を大皿に載せて出す。

「それで、お兄ちゃんはいったい、この八年どこに行ってたの？」

「もちろんそれも話すけど、まず確認させてくれ。美弥は夏目美弥で間違いなく、環奈ちゃんの同室の子なんだな？」

俺は改めて美弥に確認する。

俺だって美弥のことは忘れたことがないのだが、いかんせん八年前の記憶だ。

当時七歳だった美弥と、十五歳になって贔屓目《ひいきめ》に見ても美少女に成長した美弥では、正直別人と言われても納得してしまうくらい、印象が違う。

俺が最初美弥に気付かなかったのも、無理もないほどの成長ぶりだった。

きっと、美弥が気付いてくれなかったら、俺は『よく似た子』で流してしまった可能性もあった。

「そうよ。あの後保護施設に入れられて、今の宗像家の養子になったの」

「その、今の家族には良くしてもらっているのか？」

「少なくとも、保護施設にいる時よりは幸せよ。寮に入っているのは、家族に負担をかけないため」

「生活、苦しいのか？」

「そんなことはないけど……遠慮しちゃうのよ。どうしてもね」

「ああ、確かにそうだろうな」

どれだけ愛されても、美弥と宗像家には血の繋《つな》がりはない。その事実は、決して消えない心の棘《とげ》として残り続ける。

そう考えていたからこそ、美弥が寮に入っていると聞いて家族関係が心配になったのだ。

「それで、お兄ちゃんの方はなにしてたの？　あの力は何？」

「何って言われてもなぁ……とりあえず腕力でごり押ししたんだが」

美弥が言っているのは、ゴーレムを持ち上げて叩きつけた一件だ。

人間よりも体格のいいゴーレム、しかも鉄の塊を一人で持ち上げるなんて、普通はできない。

「まぁ、それについても最初から説明するよ」

「うん、時間はたっぷりあるし」

週末で朝から待ち合わせ、いきなりあの騒動に見舞われたため、まだ昼前の時間帯だ。

そこで俺は、八年前の話を二人に披露することにした。

「八年前、俺がダンジョンが出現した時の穴に落ちたのは聞いてる？」

「うん。今でも『世界で初めてダンジョンで死亡した人物』として、どっかの記録に残ってるとか」

「なんて嬉《うれ》しくない記録……とにかく、俺はその時ダンジョンの中ではなく、異世界に召喚されたんだ」

「ハ？　異世界？」

俺の言葉に、美弥と環奈ちゃんは揃《そろ》って首を傾《かし》げた。その気持ちはとてもわかる。

「いや、気持ちはわかるけど、本当なんだ。穴に落ちたのに、地下の魔法陣の上に転送されたんだから、俺だって大混乱だったぞ」

「えっと、熱は……」

「ねーよ!?」

やはり胡乱《うろん》な扱いを受けて、俺は遺憾の意を表明する。

しかしそこで口論しても話は進まないので、話を先に進める。

「その世界は剣と魔法の世界でさ。魔王が世界を統一しようとしてたり、魔神を呼び出そうとしたりと大変なことになっていたんだ」

「ええ……」

「ラノベでよく聞く話ですよねぇ」

「まぁ、魔王は関係なく、どの世界も領土争いってのはあるもんだよ」

俺は辛辣な環奈ちゃんの意見に、肩を竦《すく》めて答える。

そこで俺は勇者となり、魔神を倒すまで八年かけて、ようやく日本に戻ってきたことを告げた。

「その時得た能力に、ゴーレムを操る能力があるんだ。ちなみにステータスは異世界のままだったからかなり強いぞ」

「確かにすごく力が強いですもんね！」

「鉄塊を片手で持ち上げるとか、人間やめてんじゃん」

「美弥、もう少し兄にやさしく……」

俺が美弥のきつい言葉に泣きそうな視線を向けると、フンと視線を逸《そ》らされてしまった。

まだまだ、心を開いてもらうまで、時間はかかりそうだ。

「残念ながら異世界の資産は持ち帰れなかったから、一文無しだ。このアパートも、厚生労働省の役人に手配してもらって、借金まみれ」

「自業自得？」

「ムナッち、さすがに可哀想《かわいそう》だよ」

さすがに環奈ちゃんが俺の境遇を擁護してくれる。その優しさにほろりと涙が流れてしまった。

「もう、いい歳《とし》して泣かないでよ」

「優しさが染みる。いや、それで異世界では二つのクラスとスキルがあってさ。俺は第一クラスがアルケミストで、第二クラスがブレイバーだったんだ」

「アルケミストとブレイバー？」

「日本語で言うと、錬金術師と勇者だな。つまり第二クラスが勇者だったわけ」

「それが？」

「勇者が第一クラスじゃないせいで、俺はそれまで召喚された勇者たちと比べて、能力が低かったらしい」

「でも、魔王を倒したのは刀護さんなんですよね？」

「うん。そこはほら、異世界の連中の認識の違いってやつかな？」

まぁ、今の俺はその時のその力は使えないし、話しても意味はない。

肝心なのは別のところだ。

「とにかく俺とアクアヴィータ姫、それとペロルって子と三人で魔王を倒し、魔神を討伐した」

「世界を救ったんですね！」

「うーん、どうなんだろうね？」

なにせ現代日本人から見れば、魔族という人類と、人間という人類の、ただの領土争いである。

どっちが勝っても正義と断ずるのは難しい。

「ともかく、その魔神を倒した時に流れ出た魔力を利用して、アクアヴィータ姫が俺を日本に戻してくれたんだ」

「そう……」

「ムナッちには悪いけど、残ろうとか思わなかったんですか？」

「もちろん考えなくはなかったよ。なにせ八年も向こうにいたからね。でも……」

「でも？」

日本に戻る決断をした理由はいくつもある。

その中でも最も強かったのは……身の危険があったからだ。

「魔神すら倒した人間って、喜ばれると思う？」

「えっ、そりゃあ……歓迎されるんじゃないですか？」

「されないわ。権力者から見たら、核兵器がそこら辺をうろついているようなものだもの」

「美弥の言う通りだよ。きっと戻ったら、政略結婚で自由を縛られるか、それとも王族よりも人気のある危険人物として暗殺されるか」

「そんな!?」

「小説とかだと、よくある話よね」

「よくある話だけに真実味《しんじつみ》もあるんだ。残念ながら」

誰もが考えるということは、時の権力者も考えるということである。

その危険を理解していたからこそ、アクアヴィータ姫も俺の日本帰還に協力してくれた。

あのお姫様には、一生頭が上がらないほどの恩ができてしまった。

「俺が行方《ゆくえ》不明になってた間は、だいたいこんな感じだったよ」

俺の言葉を聞いても、美弥と環奈ちゃんは半信半疑という視線を崩さなかった。それも無理はあるまい。

いきなり異世界などと言われて、信じられる方がおかしいのだ。

「……本当に、異世界？」

「ゴーレム、見ただろ？」

「そりゃ、見たけど……」

まだ美弥は納得できない心境らしい。

そりゃ、いきなり異世界転生とか言われても、納得はできないだろう。

だが古くから創作で使われているくらいだし、そういった状況は把握できているようだ。

「あの、刀護さんの第一クラスって、アルケミストなんでしたっけ？」

「ああ、そうだよ」

「じゃあ、回復ポーションとか作れるんですか!?」

「うーん、作れると言えば作れるし、作れないと言えば作れない」

「よくわかりません」

「素材がないんだ」

ダンジョンから手に入るのは魔石のみだ。生命力を回復させるポーションを作るために必要な薬草は、日本にはない。

つまりポーション用の薬草が手に入らない以上、日本でポーションは作れない。

「魔石で代用できないんですか？　ほら、魔法みたいに」

「どうだろう？　試したこともないし、試す機会もなかったから」

探索者の中には、魔法を扱う者もいる。しかし日本では魔力というステータスが存在しない。

では、どうやって魔力を調達しているのかというと、それは魔石だ。

魔石から探索者が直接力を引っ張り出し、それを利用して魔法を使用するのだ。

だが、せっかく回収してきた魔石で魔法を使う以上、利益としてはかなり減ってしまう。

だから駆け出しの探索者で魔法を主力で使うものは、あまりいない。

「なんだ、できないんだ？　大儲《おおもう》けできると思ったのに」

「お前な……」

美弥のあまりな言葉に、俺は絶句する。

そもそもダンジョンの出現で、医療は大幅に進歩している。

魔石を使った治療魔法なら、手足の部位欠損ですら再生できる。

回復ポーションという存在は現在確認されていないが、作れるのなら世界が変わるほどの発見となるだろう。

借金を抱える身としては、非常に魅力的な話だ。しかし――

「ダメだな。世間への影響が強過ぎる」

「そんなに？　治療魔法もあるから、そこまでじゃないんじゃない」

「治療魔法の場合、魔石の用意や魔法を使う者を連れてこないといけない。回復ポーションはいつでも持ち歩ける手軽さがある」

「いつでも使えるっていうのは、大きなアドバンテージですよね」

反論する美弥とそれを論破する俺。環奈ちゃんは俺の意見を支持したようだ。

それに他にも理由はある。

「そうだね。それに大きな利権が発生するのなら、それに群がる連中も寄ってくる。場合によっては非合法な手段で独占しようと考える輩《やから》も現れるかもしれない」

「非合法って……考え過ぎじゃない？」

「例えば俺に言うことを聞かせるために美弥を人質に取るとか、充分に考えられるぞ」

「えっ、うそ」

「マジで」

異世界では強欲な権力者が強硬手段に出てくることは、数多くあった。

日本よりも法整備が行き届いていなかったことや、順法意識の低さを含めて考えても、あまりにも頻繁に。

それだけ『力』というものは、理性を失わせる代物だということだ。

俺も力に溺れそうになったことが何度かあったが、そのたびにアクアヴィータ姫が力ずくで止めてくれたものだ。

うん、力ずくで……。

「そんな怖いのは勘弁よね。さっきのはなし！」

「そうした方がいいだろうな。でも美弥たちが持ち歩く分くらいは作っても……」

「ダメダメダメ！　どこから話が漏れるか、わかったモノじゃないんだから」

「そこまで嫌がるなら、この件はとりあえず置いておくか」

美弥としては、これ以上の面倒ごとには遭いたくないという思いだろう。

俺だって無駄に金銭が絡んだ泥沼に足を突っ込みたくはない。

そんなことを考えていると、何やら環奈ちゃんがもじもじとしていることに気が付いた。

「どうしたの？　トイレならそこに……」

「違います！」

「お兄ちゃん、サイテー」

「え、なんで？」

異世界でも、アクアヴィータ姫に同じことを言って殴り飛ばされた記憶がある。

あの姫様、見かけと違ってバイオレンスな人だったからなぁ。

「そうじゃなくって。えっと刀護さんは異世界に行ってたんですよね？」

「まぁ、そうだね」

「じゃあ、ロマンスとかなかったんですか？　仲間にお姫様がいたみたいですし」

「恋バナってやつか。あー、まぁ……」

ロマンスと言えばロマンスだったのかもしれない。

「最初は恋愛感情どころじゃなくてね。どっちかっていうと出来の悪い弟と、優しい姉って関係が近かったかな」

「年上だったんですか？」

「当時は俺が十四歳で、アクアヴィータ姫は十六歳だったな」

「刀護さんは今二十二歳でしたっけ？」

「そうだね」

「じゃあ、ちょうどいい年齢だったんですね！」

「いやぁ、最初はそれどころじゃなかったんだよ」

なにせ俺は大した身体能力を持っていなかった。しかも第一クラスが勇者ではなく錬金術師。

かろうじて第二クラスがブレイバーだったおかげで勇者認定されていたに過ぎなかった。

そんなわけで『ハズレ勇者』として認識された俺は、その認識を覆すためにがむしゃらに頑張っていた。

しかしそんな俺を嘲笑《あざわら》う連中もいたわけで……

「俺を馬鹿にした騎士連中をな……」

「騎士たちを？」

「全員拳で黙らせてた」

「拳で？」

「拳で」

最初、俺が口にした単語を理解できず、理解した後はその光景を想像できず、二人はぽかんと口を開いた。

アクアヴィータ姫は一見すると楚々《そそ》としたお淑《しと》やかな美少女だ。

艶のある銀髪に白磁のような白く透ける肌。深い海のような蒼《あお》い瞳。当時は少女だったので、スタイルはそこまでではなかったが、それでもスラリとした立ち姿は美しいと感じられた。

中身もそれに負けず劣らず、心根も優しく、心身共に美しい女性だった。

ただ怒り出すと手に負えない。なんというか、見た目に拠《よ》らずやんちゃなお姫様だった。

それもそのはず、彼女の第一クラスはなんとグラップラー——格闘士である。

第二クラスが聖人で特殊スキルに次元魔法というスキル持ち。第一クラスが残念過ぎるだけで、お姫様にふさわしい有能な女性だ。

いや、格闘系のお姫様というのは、有名国産ＲＰＧでも出てきたので、想像できないこともないかもしれない。

しかしアクアヴィータ姫は、あのキャラクターのように活発な印象はまったくなかった。

それだけに彼女の剛腕を目にした人間は、皆目を丸くしていた。

「いや、お兄ちゃん、ゴメン。イメージできない……」

「うん、気持ちはわかる」

「刀護さん、誰かと間違っているんじゃ？」

「うん、気持ちはわかる」

大事なことなので二回。いや本当に彼女のことを聞くと、みんなこんな反応をするんだ。

「た、大変だったんですね」

「うん、異世界の女性はどこか肉食系でね。もう一人の仲間なんか、油断するとベッドに忍び込んできて大変だった」

「ベッド!?」

ペロルが俺に迫ってきたのは『強者との子孫を残すべき』という、種族特有の本能に拠るところが大きい。

実際、彼女が本能に目覚めるまでの十一歳までは、本当に可愛《かわい》い妹のように思っていたものだ。

「ああ、大丈夫。未遂だったから。その直後にアクアヴィータ姫がかかと落としでベッドに叩《たた》きつけて止めてくれたよ」

「かかと落とし……?」

「ベッドが壊れたけどね」

「………………」

かかと落としは頭上よりも高く足を振り上げ、その反動でかかとを相手の頭や肩に叩きつけるダイナミックな技だ。

異世界でなぜそんな特殊な蹴り技が知られていたのかわからないが、過去の転移者が伝えたのかもしれない。

「まぁ、俺の話はいいんだ。美弥はなんでダンジョンなんかに入ってるんだ？」

美弥は俺のコーチを必要とするくらい、ダンジョンに苦戦していると聞いている。

宗像家に引き取られているのなら、環奈ちゃんのように金銭的な問題もないはずだ。

「あー、ほら私養子じゃん？　だからお小遣いもらうのも気が引けるわけよ。だから、ね？」

「そりゃ……わからんでもないが」

「だから少しでも戦えるようになりたくってさ」

「じゃあ、俺がお小遣いあげるから、ダンジョンはやめておいたら？」

俺の意見に、美弥は確固とした意志を持って首を振った。

「ヤだよ。環奈だって頑張ってるんだし」

「そうか」

俺は美弥の言葉を聞いて少し感激し、つい昔の感覚で頭を撫《な》でた。

すると美弥はその手を振り払って、こちらを睨《にら》む。

「やめてよね。女の子の髪に気安く触らないでよ。髪型乱れちゃうじゃない」

「いや、もう乱れに乱れてるだろ。でも、すまん」

俺から逃げ出した時の騒動で、美弥の髪は乱れきっていた。手櫛《てぐし》で整えてはいたが、整っているとは言い難い。

ペロルなら喜んで頭を差し出してきたんだけど、やはり日本だと感覚が違うんだと、変なところで感心してしまう。

「あ、私は撫でてもいいですよ。さぁ！　さぁ！」

「やめなさいって。慎みを持ちなさい」

俺に向かって頭突きでもせんばかりに頭を突き出してきた環奈ちゃんの肩を押して、距離を取った。

今の日本では彼女たちくらいの女性に下手《へた》に触れると、セクハラ認定されてしまうのだ。

妹の美弥ならともかく、出会って間もない彼女相手では少し気後れしてしまう。

「とにかく！　じゃあ、美弥はあらためて俺のコーチを受けるってことでいいんだよな？」

「うん、ちょっと思うところはいろいろあるけど、お願い」

「なら……昼飯食った後に出直してみるか？」

「わかった。なんか午前中はぐちゃぐちゃになっちゃったしね」

そう言いながら、俺は昼用に買ってきた弁当を電子レンジに突っ込む。

異世界で会得した野営仕込みの料理を振る舞ってやりたい気もしたが、そもそも食材もなければ器具もない。

一人暮らしではコンビニ弁当が便利過ぎると、身をもって思い知ってしまったのだ。


午後から美弥たちと連れ立って、再びダンジョンに潜ることになった。

最初の一戦では、美弥には見学に回ってもらい、俺と環奈ちゃんでコンビネーションを見せる。

環奈ちゃんは三日目ということもあって、順調にゴブリンを倒してみせ、ドヤ顔を美弥に向けていた。

幼い時から負けず嫌いだった美弥は、その顔を見てムッとしている。

「ドヤァ」

「なに、イヤミ？　私だってやろうと思ったら戦えるんだから」

「ドヤヤァ」

「ムッカつくー！」

足を踏み鳴らして不満を表現する美弥に、俺は苦笑を漏らす。

こうして感情を剝《む》き出しにできるくらい、美弥は元気に暮らしているという事実に感謝した。

「美弥、あまり騒ぐとモンスターが寄ってくるぞ。まぁ、ここいらの敵なら、余裕だけど」

「わかってるけどさ」

ふくれっ面をしてみせる美弥は、昔の面影を残していて、俺は懐かしい気分になる。

とはいえ、ここで馴《な》れ馴れしく頭に触れると怒られるので、グッと我慢した。

「美弥の武器は、そのナイフだけなのか？」

「うん。高い武器は買えないから」

「もうちょっとマシな武器の方がいいと思うんだが」

「バール使ってるお兄ちゃんには言われたくない」

「ぐっ、これも貧乏が悪いんだ……」

兄妹《きょうだい》揃《そろ》って金に困るとか、なんとも情けない話である。

もっとも美弥は未成年だから貯金を使えないだけだ。両親の遺産を引き継いでいるので、俺の貧乏とはまた違う。

「まぁいいさ。美弥もとどめを刺す感触が苦手なんだよな？」

「うん。私も弓とか使えばいいのかな？」

「うーん……でも、美弥は環奈ちゃんと組んでダンジョンに潜っているんだよな？」

「そうだよ」

俺はそう問われて首をひねる。

はっきり言って役割のかぶっている二人のペアというのは、あまり効率的とは言い難い。

今後、どうなるかはわからないが、俺と一緒にダンジョンに潜るとしても弓手《ゆんで》二人というのはもったいなく感じる。

「俺が敵を引きつけ、環奈ちゃんが弓で撃つ。なら美弥には別の役割を果たしてほしい気がしないでもない」

「別のって、近接攻撃？」

「でも、とどめは刺せないんだろ？」

「うん」

ならば、美弥も前線を張るのは難しいだろう。かと言って弓手はかぶる。

なら……どうするかと思案して、俺は一つの案を思いつく。

「美弥、お前魔法を使ってみる気はないか？」

「魔法って、魔石を使う？」

「こっちだとそうらしいな」

こちらでは人間は魔力を持っていないとされている。代わりに魔石から魔力を引き出し、使用するスタイルらしい。

俺が異世界で魔力を持っていたのは、世界を飛び越えた時に得た副産物である可能性が高い。

美弥は魔力を持っていないが、俺の毎日の稼ぎを考えると、美弥が魔法を使う魔石を稼ぐぐらい苦にはならないはずだ。

それに美弥が魔法を覚えることで、俺たちの安全性も格段に上昇するはずである。

異世界での冒険で、魔法の便利さや偉大さは身に染みている。

「でも私、魔法の知識なんて全然ないよ？」

「こっちの魔法は俺も同じだよ。勉強していけばいいさ」

伸び盛りの高校生。しかも探索者資格持ち。魔法を学びたいと思えば、迷宮管理課からの援助も得られるはずだ。

魔石を活用する研究は日々盛んになっており、魔法に関しても同様だ。

若い世代が魔法を学びたいというのなら、その道筋を示してくれるだろう。

「それより、お兄ちゃんは異世界で魔法を学ばなかったの？」

「んー、俺か？　錬金系魔法と基礎的な生活魔法を五つだけなら」

錬金系魔法とは、ポーションなどを作るための圧縮や抽出、変換、乾燥といった魔法や、素材を扱う変形や融接、分離などの魔法が多い。

そして基礎魔法は生活などに使う簡単な魔法のことだ。

俺が覚えている基礎魔法は、水を作るクリエイトウォーター、火を起こすティンダー、汚れを落とすクリーン、アイテムなどを収納するアイテムボックス、小さな傷を治すファーストエイドの五つ。

旅をする上で必須と言える五つの魔法。俺以外にも異世界では大半の人が習得していた。

「だったら、お兄ちゃんの覚えてる魔法を教えてよ？」

「いや、攻撃用の魔法なんて覚えてないし、何よりこの世界で使えるかどうかもわからないぞ」

「そうなの？　もう試した？」

「いや、試してないけどさ」

もう勇者として無茶《むちゃ》な戦いをする必要もない。返済できる最低限の収入さえあればいいので、一層を適当に回るだけの日々を繰り返していた。

ゴブリン相手では魔法を使う必要もないし、ファーストエイドの世話になることもない。

何人か助けた探索者で怪我《けが》人もいたが、命に別状があるほどの者はいなかったので、魔法を披露したこともなかった。

「じゃあさ、今から試してみてよ」

「って言ってもなぁ。異世界の魔法が使えるって決まったわけでもないし」

「それを試す意味でも、やるべきだよ」

「むぅ……」

美弥の言うことも、もっともだ。場合によっては使う可能性もある以上、使えるかどうかを調べておく必要はある。

そうと決まればやってみるに限る。簡単なものなら魔石一つの素材で実演できる。

「よし、試してみよう。美弥、その短剣で試していいか？」

「うん、いいけど」

おそらく俺のバールの三倍の値段はするであろう短剣を借り受け、グリップの端についた柄頭《つかがしら》の飾りを削り取る。

いきなり柄頭を壊した俺を見て、美弥が悲鳴を上げた。

「ああっ、私の短剣が！」

「試すって言ったじゃないか。別に使い物にならなくするわけじゃないから。いや、わからんけど」

「わからないのに断言しないでよ」

「お前が試せって言ったんじゃないか」

ふくれっ面をする美弥を置いて、俺は外した柄頭に魔石を取り付ける。

バールを金槌《かなづち》代わりにして金具を魔石に食い込ませて固定した。

続いて刀身部分にバールの先端を使って魔法陣を刻んでいく。

チタン合金だったら一苦労だったのだろうけど、幸い美弥の短剣はそれほど良い品ではなかったらしい。

バールを肩に担ぐようにして鉛筆のように持ち、床に座り込んで刻んでいった。

そんな俺に通りすがりの探索者たちは、変なものを見るような視線を向けてくる。

「なんか、視線が痛い……」

「ちょっと恥ずかしいかもね」

「お兄ちゃん、まだ？」

美弥と環奈ちゃんが交互に俺に話しかけてくるが、とりあえずここは無視だ。

別に並列思考能力が高い俺なら、返事をしながらでも作業は続けられるのだが、なにせ日本で初めての錬金作業だ。

ミス一つないように仕上げたいと考えていた。

「まだ。もうちょっと待て」

コリコリと短剣の刃を削り、回路図のような魔法陣を刻んでいく。

それが完成すると、柄頭に設置した魔石から自動的に魔力が魔法陣に流れ込んでいく。

あとは起動のためのキーワードを設定すれば、完成となる。

「んー、どうしよっかねぇ」

「どうかしたの？」

「ああ。仕込んだ魔法の発動条件を決めないといけないんだけどな」

仕込んだ魔法はファーストエイド。簡単な傷を癒やす魔法だ。

短剣を抜いて魔法陣を解放し、キーワードを唱えればいいのだが、この世界の治療魔法の名称を俺は知らなかった。

「この世界の治療魔法がなんて言うか、美弥は知っているか？」

「ん？　普通にヒールって言ってる人が多いね。上位の治療魔法だと違う名称らしいけど」

「ファーストエイドって魔法はあるか？」

「それがこの短剣に込めた魔法？　確か擦り傷を治す魔法だったかな。あまり使われないかな」

「ふーん？」

さすがに擦り傷だけではないが、大した傷は治せない。せいぜい犬に噛《か》まれて開いた穴を塞ぐ程度だ。

だが存在するのなら、問題はなさそうだ。

「じゃあ、ファーストエイドのままで登録するか」

「登録って？」

「魔法を起動するキーワードだな」

答えながら、魔法陣に追加の設定を刻んでいく。

ついでに美弥の専用設定も付けておいた。これを付けることで、美弥以外は魔法を発動させることができなくなる。

「これでよし。美弥、持ってみてくれ」

「うん」

俺から神妙な顔付きで短剣を受け取る。できれば他の魔法も付与したかったが、短剣の質が悪いので、一つが限界という感じだった。

俺はバールで腕に軽く穴を開ける。破傷風が少し心配だが、ファーストエイドが発動すれば、そちらも併せて治してしまえる。

「お兄ちゃん!?」

「大丈夫だ。ほら、傷を治すように念じながらファーストエイドって言ってみな」

「う、うん……ファーストエイド」

俺の自傷行為に驚き、おっかなびっくりという様子でキーワードを唱える。

すると短剣の刃が淡く光り、俺の傷が見る見る癒やされていった。

「すごい……」

傷が治る様を見て、目を瞠《みは》る。

ニュースなどでそういう技術があることは知っていたが、露骨に流血するような怪我を公共の電波に乗せることはできない。

なので実際に目にするのはこれが初めてということらしい。

「うわぁ、治っちゃった。いいな、いいなぁ」

「あ、あげないからね！」

環奈ちゃんは物欲しそうな目で美弥の短剣を眺めるが、手にしたところで彼女に使うことはできない。

美弥の専用設定をしてあるからだ。

「環奈ちゃんでは使えないよ。美弥の専用に設定してるから」

「そうなの？　うらやましい」

「今度、機会があったら何か作ってあげるよ。大したものじゃないから」

「これが大したものじゃないの？　私目が落っこちるかと思ったんだけど」

「せいぜい小さな穴を治す程度の治療しかできないし、使用回数もゴブリンの魔石じゃ五回がいいところだ。安物だよ」

「それでも充分だと思うんだけど」

と言っても、異世界ではこの程度の魔道具はごろごろ転がっていた。

道具さえ揃《そろ》っていれば、魔法陣を刻むのももっと早く済むから、数分で完成させられる。

今回はバールで刻むという無茶をしたので、時間がかかってしまったのだ。

「異世界だと二百リムくらいかなぁ？」

「わかんないって。二百リムっていくらよ？」

「んー、価値で言うと二万円くらい？」

「やっす!?」

なにせ美弥の短剣だけで一万近くしている。

技術料を考えれば、もっとしてもおかしくはないという主張も納得だ。

「日本だとどれくらいするんだ？」

「んー、五倍くらいかも」

「五倍!?　……いや、このことは内緒な」

「お兄ちゃん、一瞬売って稼ごうか悩んだでしょ？」

俺は視線を逸《そ》らして、美弥の詰問から逃れる。

魔道具の普及があまり進んでいない状況で、なり立て探索者が魔道具をばらまいたとしたら、それは目立つに違いない。

そこから俺の事情などを追及されては、さすがに高橋もかばいきれないだろう。

「とにかく、これで俺が壁役、環奈ちゃんが攻撃役、美弥は回復役って役割分担ができるわけだ」

「うん。でもこんなの貰《もら》って本当にいいの？」

「美弥には迷惑をかけたからな。せめてもの詫《わ》びってことで」

せっかく再会できた妹なんだから、ちょっとは良い顔をしたい。そう思って、ニヒルな笑みを向けてみた。

美弥は俺の笑顔を見て、しばし沈黙した後……

「……キモ」

「ぐはっ」

と、俺にとどめを刺してきやがった。モンスターにとどめを刺せないくせに、俺には容赦ないでやんの。

落ち込む俺を見かねて、環奈ちゃんがフォローに回ってくれる。

「ムナッち、それはさすがに可哀想《かわいそう》だよ」

「うっ、わかってるわよ。ありがとね、お兄ちゃん」

「お、おう」

美弥に礼を言われてあっさり持ち直す俺。自分でも単純だと思う。

案の定、美弥もそう思ったのか、ぼそっと悪態を吐《つ》いていた。

「チョロ」

「美弥、お前、口悪くなったな!?」

「いろいろあったから、ちょっとだけね」

「くっ、それを持ち出されたら、反論できねぇ」

泣き真似《まね》をしてみせると、環奈ちゃんが優しく背中をポンポンと叩《たた》いてくれた。

それが気に入らなかったのか、美弥も俺の背中を叩いてくれた。こちらは環奈ちゃんよりも遥《はる》かに強く。

その後、美弥たちと一緒に何度か戦闘を繰り返して、連携を確認していった。

俺が敵を押さえ、環奈ちゃんがとどめを刺す。残念ながら美弥の出番はない。

俺がゴブリン相手に傷を負うことがなかったからだ。

「ちょっと、お兄ちゃん？　私の出番がないんだけど」

「そう言われてもなぁ」

「ちょっとくらい怪我《けが》してくれてもいいのよ？　むしろしなさい」

「鬼か、お前！」

もちろん俺も、美弥が冗談で言っているのは理解している。

俺がゴブリンの攻撃をぎりぎりで躱《かわ》した時とか、息を呑《の》んで緊張していたのを、気配で察知していた。

だがそれを素直に出せない辺り、まだ俺にわだかまりが残っているのかもしれない。

「そもそも、何度も怪我したら魔石が耐えられないだろ」

「そっか、五回くらいしか使えないんだっけ」

「試験に一回使ってるから、あと四回だな」

「むぅ……使い切ったら壊れるの？」

「魔石を交換すればいいだけだよ。何なら別の使いやすい装備に作り直してもいいし」

万が一、俺の目が届かないところで魔石が壊れたら怖い。戦闘中だと残りの使用回数が頭から飛んでしまうなんてのは、よくあることだから。

それは別として、俺は一つ奇妙なことに気が付いていた。

「にしても……なんで異世界の魔法が使えるんだ？」

「ん？　おかしくないでしょ？　異世界で使ってた魔法なんだし」

「いや、異世界で使ってた魔法だから、おかしいんだよ。日本……ってか、地球と魔法法則が同じってことになるんだぞ？」

魔力があり、モンスターが徘徊《はいかい》し、魔王が魔神を呼び出すような世界。

そこで使っていた魔法が、ダンジョンが出現したとはいえ科学全盛の地球で使えるということに、違和感を覚えていた。

「ただでさえ、俺のゴーレム召喚も質量保存の法則とかどうなってんだってスキルなのに」

「それ、鉄球一つで作れるんだよね？」

「鉄球に限らないけどな。あと真球に近い形状じゃないといけない」

「いろいろ制約あるのね。ハズレって意外と的を得た評価だったんじゃ？」

「だまらっしゃい」

加工技術の劣った異世界では、真球の触媒を用意するのが難しかった。

しかも高品質の触媒となると、そりゃもう泣きそうなほど金がかかったものだ。

それでもどうにか数を揃え、魔王相手に勝利したのだから、俺を褒めてほしい。

いや、下心満載で褒めてくる貴族はたくさんいたけどな。

「これで何匹目だっけ？」

「えっと、二十四匹目ですね。ペース早いですね」

「もうそんなにか」

「刀護さんがすぐに見つけちゃうからですね」

異世界で鍛えられた気配察知能力のおかげで、ゴブリンがこちらを視認するより先にゴブリンを発見できる。

あとは先手を取った俺が乱戦に持ち込み、一匹ずつ環奈ちゃんがとどめを刺していくだけだ。

美弥には盾を持たせておけば、俺の代わりに環奈ちゃんを守ってくれるだろう。

「そうだな、あと十匹程度仕留めたら、今日はおしまいにしよう。時間は大丈夫か？」

「大丈夫。私たちダンジョン科だから、多少遅くなっても納得してもらえるから」

「とはいえ、日が暮れたら危ないのは当然だからな。一時間で十匹、狙っていくぞ」

「はーい」

「頑張ります！」

ここまで三時間で二十四匹。少しペースを上げれば三十四匹は超えるだろう。

一人十匹分の魔石があれば、充分な収入になるはずだ。

余裕があれば、美弥の魔法用に取っておいても問題ない。


一時間で十二匹を討伐して、俺たちは地上へと戻った。

倒した合計は三十六匹。うち六個を美弥の魔法用に取りおいて、残り三十個を換金する。

昼から四時間で一人五万円を稼ぎ出した事実に、美弥は驚愕《きょうがく》する。

「こんなに？」

「すっごいでしょー」

「うん、びっくりした」

「刀護さんのおかげだよね。美弥も良いお兄ちゃんを持ってうらやましい」

「…………………うん」

何か思うところがあるのだろう。美弥はしばし逡巡《しゅんじゅん》した後、環奈ちゃんに同意した。

まぁ、家族崩壊のきっかけを作った俺を『良い兄』と認めるのは、戸惑いもあるだろう。

「体力的にどうだ？　続けられそうか？」

「うん、平気」

「私も。毎日だって大丈夫ですよ」

ガッツポーズをしてみせる環奈ちゃんに、俺は苦笑いを返す。

若さ故の勢いだろうけど、疲労というのは自覚の外側で蓄積していくものだ。

気が付いたら身体《からだ》が疲れ切っており、いざという時に腕や足の力が抜けてしまうというのは、よくあることだった。

そうして大怪我を負った若い騎士たちを、俺は何人も見てきた。

美弥や環奈ちゃんを、彼らと同じ目に遭わせるわけにはいかない。

「毎日はダメだ。疲労は自覚できない場合もある。休む時はきっちり休まないと」

「そんなに疲れてないんだけど？」

「美弥まで……いいか、楽に倒せるようになったとはいえ、命の取り合いをしていたんだぞ。疲れていないはずがない」

「そう、か。命の取り合い……」

俺に言われて、自分のしてきたことを思い出したのか、美弥の表情が引き締まった。

こんな仕事だ。生き物を殺すことに慣れるなとは言わないが、自覚は忘れてはいけない。

「二日潜って、一日休む。週末の土日は連休にしよう」

「じゃあ、潜るのは月火木金ってことね」

「時間は五時から二時間。今日よりは収入は落ちるけど、大丈夫か？」

「うん、充分だよ」

「私も大丈夫です！」

二時間だとおそらく二十匹と少し。一人頭の取り分は三万くらいまで下がってしまう。

それでも今までに比べれば充分な収入なのだろう。美弥たちの表情は明るかった。

俺の取り分は土日に潜れば、取り返せるはずである。

「じゃ、今日は解散ってことで。寮まで送ろう」

「ダメよ！　男の人に送られてきたところを見られると、寮監になんて言われるかわからないわ」

「そうなのか？」

「そうですね、寮監は厳しい人だから、私たちだけでなく刀護さんも何か言われるかも」

とはいえ、女性、それも未成年の二人を先に帰すなんて、心配するなという方が無理だ。

「でもなぁ」

「大丈夫よ、私たちも探索者なんだし」

「二人とも1レベルだろ？　一般人と変わらないじゃないか」

「それを言ったらお兄ちゃんもでしょ？」

「俺はほら、あれだから」

「そういえば、なんで1レベルなのよ……？」

異世界で勇者と呼ばれた存在が、この地球では1レベル。まさに詐欺と言われてもしかたない状況である。

「まぁほら。あれだから……」

ここは換金所であり、他に探索者の姿はないとはいえ、買い取り係の遠藤さんがいる。

俺が『魔力持ち』のせいで、正確にレベル測定ができなかったと知らせるわけにはいかない。

「じゃ、お先に帰るわね。明日は休みだっけ？」

「ああ。日曜だからな」

「明後日《あさって》もよろしく。お兄ちゃん」

「お疲れ、美弥、環奈ちゃん」

朗らかに笑いながら換金所を出て行く彼女たちを見送り、俺は背後の視線の主に振り返った。

「あの、なにか？」

「彼女、増えましたね」

「妹です！　事情があって一緒に暮らしてないですけど」

「事情？」

「まぁ……ちょっと」

言いにくいことなので、俺は言葉を濁した。

その雰囲気を察したのか、遠藤さんも軽口をやめる。

「申し訳ありません。探索者さん個人の事情に口を出すべきじゃありませんね」

「いや、そこまで深刻なもんじゃないですけどね」

美弥とは仲直りできたわけだし、深刻な事情ではない。両親のことに関しては、もう済んだことだ。

そう考えて、俺は落ち込む。

「済んだ、ことか……」

「夏目さん？」

「いえ、なんでもないです」

俺はそう言って作り笑いを浮かべ、遠藤さんに手を振って、換金所を出たのだった。

第四章 異世界からの声

月曜から俺たちは、美弥《みや》と三人でダンジョンに潜ることになった。

ペースとしては三日に二回。それほどハードな日程にはしていないが、それでも四日目となると目に見えて疲労が現れていた。

特に精密射撃を要求される環奈《かんな》ちゃんは、特に集中力が欠けてきていて、注意が必要な状態だった。

「今日はこの辺にしておこうか？」

「いえ、まだいけます。大丈夫です！」

元気にそう答えはしているが、明らかに腕に震えが来ている。

今日はまだゴブリンを十五匹しか倒していない。

俺が二十四という目標をぶち上げてしまったせいで、二十匹倒さないと失格というイメージでもついてしまったのだろうか？

とにかく、これ以上無理をしても良いことはなにもない。

「でも……」

「本当に大丈夫ですから」

相手がゴブリンとはいえ、生き物を相手に弓を引くというのは、素人《しろうと》が思う以上に重労働だったりする。

しかも動く相手のそばには俺という仲間がいる。そこに射掛ける勇気と重圧は、彼女を予想以上に蝕《むしば》んでいた。

「しかたない。じゃあ休息を取ろう。俺……じゃ問題あるから、美弥、軽く腕をマッサージしてやって。軽くだぞ？」

「うん」

整体の知識がない人間が無理にマッサージを行うと、筋肉を傷めてしまう可能性がある。

とはいえ、緩い振動のような刺激ならば、疲労の回復に繋《つな》がるのも事実だ。

子供の肩叩《かたたた》きでも肩こりが軽減されるのと、同じようなものと考えればいい。

気休め程度とはいえ、そのわずかな違いで生き延びることは、確かにある。

俺もアクアヴィータ姫やペロルにマッサージしてもらった経験があった。

「あー、極楽極楽。ムナッち、帰ってからもやってよ？」

「お金取るわよ？」

「素人のマッサージは危険もあるから、ほどほどにな」

「はぁい」

何年かぶりに素直な美弥の返事を聞いた気がして、俺は少し感動してしまった。

その後、ペースを落として何度か戦っていると、不意に環奈ちゃんが歓声を上げた。

「あっ、またレベルが上がってます！」

「え、本当？」

環奈ちゃんの持つ資格証を美弥が覗《のぞ》き込む。そこには個人情報が載っているので、本来なら非常にマナーの悪い行為だ。

場合によれば、命の取り合いに発展する可能性すらある危険行為でもある。

しかし彼女たちの間なら、そういう心配もなさそうだ。仲が良さそうで、見ている俺もほのぼのした気分になり、非常に目の保養にもなる。

「俺も見ていい？」

「あ、いいですよ。刀護《とうご》さんなら」

そう言うと、俺に向けて資格証を見せてくれる。

そこに記載されていたのは、筋力・敏捷《びんしょう》・体力・器用・感覚の五つの数値。

異世界ではこれに魔力を加えた、六つのステータスが存在していた。

というか、フルオープンで見せてくれるのね。資格証に記載される情報は、ある程度隠すこともできるので、レベルだけ見せるという方法もあったのに。

環奈ちゃんのステータスは、筋力と体力が平均より低く、器用と感覚が平均よりも高かった。

おそらく弓道をやっていたことで、この二つが鍛えられていたのだろう。

反対に、筋力と体力がやや低めなのは、女性であることと未成熟であることの相乗効果によるものか？

「レベルアップで筋力が平均値に届きかけてるね」

「確か、レベルアップではステータスが一割上昇するんでしたっけ？」

「そうらしいね。俺は上がったことないけど」

「お兄ちゃんは、なんで上がらないのかしら」

環奈ちゃんよりも早く討伐を始めている俺がレベルアップしないことを、美弥は訝《いぶか》しむ。

俺はこの一か月の間で、すでに五百匹以上のゴブリンを倒している。

対して、環奈ちゃんは初めての討伐から五十匹少々でレベルアップしていた。

「多分俺は、基礎ステータスが高いからレベルアップが遅いんだと思う」

「基礎能力で変わるの？」

「多分だけどな。わかりやすくゲームっぽく例えるとゴブリンは経験値1だとする。レベルアップまでに必要な経験値はステータスの総合計が必要、みたいな？」

「確かに私の最初のステータスの合計は五十くらいですね。最初のレベルアップまでに倒したゴブリンの数も、それくらいかな？」

「まぁ、あくまで推測だから、細かいところは違うかもしれないけどな」

　すると、美弥は顎に指をあてて考え込んだ。

「だとすると、敵を倒していない私は、いつまで経《た》ってもレベル上がらない？」

「いや、同一パーティとは言わないが、討伐時に近くにいると同じように経験が入るんじゃないかな？　支援魔法タイプで大成している探索者もいるんだろ？」

「そういえば、いるわね。というか、高位探索者になると支援魔法はほぼ必須らしいし」

「それは異世界でも一緒だな」

　基本的に、人間は生物として強くはない。獣のような牙や爪もなく、身を守る鱗《うろこ》も持たない。体格だって大きくはなく、体重は明らかに軽い。

　獣よりも圧倒的に勝っているのは、知恵と器用さと数だ。

　知恵で戦略を練り、器用さで武装し、群れを成して戦う。そうやって生物的に弱い人類は版図を広げてきた。

しかし異世界では、その力はアドバンテージとならなかった。

魔王率いる魔族は人間に勝るとも劣らぬ知恵を持ち、人間と同等以上の武装をしていた。

数だって人間を凌駕している。

その力の差を埋めるために、異世界から勇者を召喚していたわけだが、それだってすんなりといったわけではなかった。

勇者が負けるたびに、さらに強い勇者を求め、召喚を繰り返す。

俺が現れるまで、何度も何百年も、それを繰り返してきたのだ。

勇者がいない間、そういった地力の差を埋めるためには、支援魔法は必須だった。

「俺の時は、ほぼアクアヴィータ姫が支援してくれたけど」

「お姫様が？　グラップラーじゃなかったの？」

「姫の第二クラスは聖女だったんだ。もう、要素多過ぎて、混乱したよ」

「…………殴り聖女？」

「それ、本人に言ったら飛び蹴りが飛んでくるぞ」

「わけがわかんないよ」

あまりの真実に美弥は虚《うつ》ろな目で呟《つぶや》いた。俺もうっかり口にして年に三回は食らっていたから、間違いのない事実である。

「ね！　ね！　刀護さん」

「な、なに？」

身を乗り出すように顔を近付けてくる環奈ちゃんに、俺は思わず身を仰け反《のぞ》らせる。

彼女は天真爛漫《てんしんらんまん》な性格らしく、非常に距離感が近い。

「私のレベルも上がったことだし、二層に降りてみませんか？」

「二層に？」

俺は少し思案する。確かにゴブリンばかりを倒しているので、飽きてくる頃合ではある。

レベルが上がって多少身体能力が上がっているので、行けないことはないだろう。

しかしこれまでのように無傷で切り抜けられるかは、正直未知数である。

それに……まだ美弥のレベルも上がっていなかった。

「少なくとも、美弥のレベルが上がるまでは慎重に行きたい、かな？」

「あ、そうか。ムナッちはまだ1レベルだったたんだ」

「むっ、私だってすぐ上がるもん！」

仲間であり、ライバルでもある環奈ちゃんのレベルアップに、子供っぽい口調に戻って
対抗心を燃やしている。

俺としては、子供の頃の美弥が重なって見えて、非常にほんわかした気分になった。

いや、それはそれとして、きちんとしなければ。

「まぁ、実際このペースならすぐ上がるだろう。そしたら二層に挑戦してみよう」

「やった！」

「それに、美弥と環奈ちゃんの装備も、もう少し見直したいからね」

環奈ちゃんの弓は俺が作ったゴーレム製で、命中を補正する能力がある。

同じように美弥にも、ゴーレム製の装備を与え、防御力を強化しておきたい。

ダンジョンに潜ることを認めてはいるが、できるなら美弥には安全な位置にいてほしい。

「新しい場所で戦うことになるのなら、万全を期してから行きたい」

「それもそうですね。私、レベルが上がって浮かれてたみたい」

「その気持ちはわかるけど、そういう時が一番危ないから、気を付けて」

「はい、コーチ！」

元気の良い返事が返ってきて、俺も爽やかな気分になる。

なるほど、学校などで返事を元気良くと教えるのは、相手の気分もよくなるからかと、
納得した。

「それじゃ、今日はあと二、三回戦ったら戻ろう。環奈ちゃんもレベルが上がったステー

タスに慣れたいだろうし」

「やった！」

環奈ちゃんの腕はかなりプルプル震えていたが、やはりレベルアップでテンションが上がっているのだろう。

まだまだ暴れ足りないと考えているようだが、身体《からだ》の方はついていけてない。

このレベルアップ時のテンションアップが、実は非常に危険だったりする。

「別に当たっても平気だけど、俺に当てないように注意してね？」

「き、気を付けます」

「お兄ちゃんなら当ててても平気よ」

「美弥、お前はもう少し兄を心配して」

フンとばかりに顔を背ける美弥。俺も本気で言っていないことは理解している。

とはいえ、きつく当たられるとションボリしてしまうのは、兄としての性《さが》だろうか。

気を取り直してゴブリンの気配を探り、二戦だけして地上に戻ることにした。

美弥たちを見送った俺は、その足でホームセンターに向かった。

目的は、彼女たちの装備を作るための素材集めである。

まず美弥に武器として金属製の杖《つえ》を購入する。

本来、身体を鍛えるために使用する棒らしいが、実用性はある。

「強度に不安があるけど……これくらいの長さは欲しいよな」

一メートル三十センチの合金製の物を選び、買い物籠に入れる……というか載せる。

この長さで一キロ少々という重さだから、美弥にも負担にならないだろう。

やや強度に不安はあるが、杖としては充分に硬い。

構造も六角棒の形なので、握りやすく、滑りにくいはずだ。

合金製なので本来なら通常の金属よりも硬いはず……なのだが、なぜか合金だと錬金術の通りが悪くなる。

素材強化の錬金魔法が付与できないので、逆に強度に不安が出てしまうのだ。

異世界で合金製の武器が少なかったのは、こういった理由がある。

「でもまぁ、これなら何とかなるな」

俺は精算を済ませ、家に戻る。

シャワーと食事を済ませると、そのまま眠りにつきたくなるが、その前にやることがあった。

「さてと……まずは【変形】」

俺が錬金系の魔法を発動させると、六角棒の各面の先端部に三つ×三列の穴が開く。

そこに取っておいた魔石を嵌《は》め込み、再度変形を使って固定する。

続いて小さなナイフを使って各面に術式を刻んでいく。

刻む魔法はティンダー、ファーストエイド、アイテムボックスの三種類。

これをそれぞれの面に並んだ三つの魔石に接続していく。

「魔石三つを使っているので、使える回数は一面につきそれぞれ五回の計十五回。専門の魔法使いがいれば、もっといい魔法を込められるんだけどなぁ」

攻撃魔法はもっぱらペロルに頼りっきりだった。

それまでは俺が攻撃を受け持ち、アクアヴィータ姫が回復支援を受け持つという形だったのだが、ペロルが参加したことによって、俺たちの戦力は格段に安定した。

おかげで一気に魔王軍を追い詰めることができたと言っても、過言ではない。

「まぁ、美弥にペロルの魔法を授けるのは、さすがに不安か」

ペロルも幼かったが、異世界の常識を心得ていた分、魔法で無茶《むちゃ》をするようなことはなかった。

しかし美弥は、新しい力に浮かれて、無茶をやらかしそうである。

だからと言って、力を授けないわけにはいかないというのが、悩ましい。

「強度に不安があるから、こっちは錬金魔法で強化しておくか」

と言っても、地球産の合金が相手では、どれだけの魔法を付与できるか俺もわからない。

頑丈で軽くするために合成された金属では、変形の魔法でも微妙な引っ掛かりを感じていた。

探るように魔力を流し、【構造強化】を施していく。

これで少なくとも、ゴブリンの棍棒《こんぼう》程度ではひん曲がったりしなくなったはずだ。

「うーむ……錬金術を施すなら、やっぱり単一素材の金属の方が効率がいいか？」

とはいえ、単一金属だと重くなり過ぎて、美弥では使いこなせないだろう。

俺は完成した六角棒を持って、近くの公園に向かう。

すでに日は暮れているので、子供の姿はなく、六角棒を振り回しても大丈夫だろうと判断した。

ステータスに優れた俺からすれば、この一キロ少々の六角棒は羽毛のようなものだ。

ブンブンと盛大に風を切って振り回し、その使い勝手を試してみた。

かなりの速さで振り回して、歪《ゆが》みができていないことを確認する。

魔石も外れていないし、しっかりと構造強化が効いているようだった。

「うん、悪くないな」

この出来なら、俺用にも欲しいくらいだ。少なくともバールよりは破壊力がありそうだし、人目も引くことはないだろう。

あとは防具を買ってやりたいところだが、残念ながら防具は高い。

それに体形に合わせないといけないので、本人を連れていかないと満足できるものは得られないだろう。

身体のサイズがわかれば俺でも自作できるが、測らせてくれと言ったらきっと怒られる。

環奈ちゃんなら顔を赤くする程度で済むかもしれないが、美弥は確実に怒髪天となるだろう。

六角棒を振り回し、一つ頷《うなず》いて出来に満足していると、俺の肩を叩《たた》いてくる者がいた。

振り返ると、警察官が二名、こちらを警戒するような視線を向けていた。

「君、こんな夜中にいったい何をしているのかな?」

「あ、いや……」

夜中にジャージ姿で六角棒を振り回す男。異世界ならばそれほど珍しくはない光景だが、現代日本では不審者でしかない。

俺はその事実に気付き、背中に冷や汗が伝っていく。

「俺は、その……」

もちろん探索者であることを伝え、探索者カードを提示すれば、問題なく解放される。しかし狼狽《ろうばい》した俺はその答えに辿《たど》り着くことなく、パニックを起こして口籠《くちご》もるだけだった。

そんな俺を警察官が不審に思わないはずはない。

結局促されて探索者カードを提示するまで、俺は警察官にたっぷりと絞られる羽目になったのだった。


翌日も俺たちは、美弥の実戦慣れのためにゴブリン退治を続行していた。

新しい武器を使ってゴブリンの攻撃を受け、逸《そ》らす訓練を積むことで、環奈ちゃんを守り、自身を守るための訓練である。

錬金術によって合金の杖を強化しているので、ゴブリンの棍棒の強振を受けても杖が曲がることはない。

その軽さと頑丈さに美弥は目を丸くしていた。

「てぇい！」

「ムナッち、がんばれ！」

「はなれろ、このっ！」

杖を大振りするもゴブリンに躱《かわ》される美弥。ゴブリンはその小さな体軀《たいく》を活かして、美弥の杖をかいくぐって接近しようとする。

美弥はそれを許さずと滅多《めった》やたらに杖を振り回していた。

「美弥、落ち着いて敵を見て！」

「そんなこと言ったって——いたっ⁉」

ゴブリンも接近したは良いものの、距離が近過ぎて棍棒の遠心力を活かせず、大したダメージを与えられずにいた。

あの距離なら、美弥もかすり傷しか負わないからと見守っていたら、脇腹を殴られて美弥が悲鳴を上げていた。

「こんのぉ！」

まとわりつくゴブリンにイラついたのか、美弥は杖による攻撃を諦め蹴りを飛ばす。

苛立った末の行動だが、この場合は正解である。

ゴブリンのいる位置は武器の間合いのさらに内側。つまり格闘戦の間合いである。

ここで蹴りを出すのは、悪くない判断だ。でも俺なら頭を引《ひ》っ摑《つか》んで膝蹴り入れるけど。

美弥の蹴りをまともに受けたゴブリンは、たたらを踏んで後ろに下がる。

そこは美弥待望の間合いだ。

「でぇい！」

「ググギャゥ!?」

ゴブリンは体勢を立て直そうとして、踏み止まったのが悪かった。動きが止まったところに、硬い杖が遠心力をたっぷり乗せて振り下ろされたのだから、たまらない。

狙ってか、偶然か、美弥の杖はゴブリンの脳天に直撃した。

ゴキンと、鈍い音を立てて、ゴブリンの首が変な方向に曲がる。

その場に倒れ込んだゴブリンを見て、美弥は大きく息を吐《つ》く。

「や、やった？」

その声と同時に、ゴブリンは魔石を残して消え去っていく。

確かに倒せたが、杖を振り下ろす一瞬、動きがわずかに止まっていた。

あの隙を突かれていたら、危なかっただろう。間合いを広く取れていたから、隙を埋めて先手を取れた形である。

ふらりと膝をついた美弥に、環奈ちゃんが抱き着いた。

「やったじゃん、ムナッち！　一人で倒せたじゃん！」

「うん……得物《えもの》が長かった分、手応えが曖昧になったからかも」

俺が美弥に杖を渡した、もう一つの理由がそれだ。

昔、ある戦国武将は徴用した農民兵に長槍《ながやり》を持たせ、できるだけ離れた距離から戦わせることで弱兵を補ったという話を聞いたことがある。

美弥も、長柄の武器なら恐怖心を補えるのではと考えていた。

しかしあっさり隙を突かれて乱戦に持ち込まれてしまった。

いつもならここで腰が引けてしまうらしいが、今回は攻撃を受けてキレてしまったことで、怒りが振り切れてしまったのだろう。

「うーん……もう少し安定して倒せるようにならないと、次の階層は怖いな」

「そう、みたいね」

「次は環奈ちゃんのサポートも込みで戦ってみよう。俺は危なくなるまで、手を出さないから」

「お兄ちゃんって、意外とスパルタなんだね」

「そうかな？」

異世界ではもっとスパルタだった。というかハズレ勇者と思われていたので、俺を殺しにかかるような任務を押し付けてきていた気がする。

それでも生き延びられたのは、アクアヴィータ姫が俺に同行してくれたからだ。

おかげで無茶な任務は激減し、苦戦しながらも生き延びることができた。

「異世界では、これくらいなら軽い方だったよ」

「……苦労してたんだ」

「ん？　まぁな」

美弥はどこかしんみりした視線を俺に向けてくる。俺としては姉代わりの人にかばってもらった懐かしい思い出の一つなのだが、まぁ苦労していたことには変わりない。

俺は美弥に杖《つえ》の型をいくつか教え、守るための動きを復習させる。

そして次のゴブリンのもとに向かおうとした時、洞窟の奥から数名の探索者が足を引き摺《ず》って歩いてくるのが見えた。

「美弥、環奈ちゃん」

「うん」

「は、はい」

俺の言葉に二人は俺の後ろへと移動する。

このダンジョンという場所では、人間だからといって油断はできない。

特に二人は美少女と言っていいほど整った容姿をしている。俺も兄として鼻が高い。

「ま、待ってくれ。敵じゃない」

前方の男たちが手を上げて無抵抗の意思を示す。

見ると、彼らはボロボロの状態であり、いくつもの切り傷を負っていた。

「モンスターにやられたのか？」

「ああ、二層でスケルトンが出やがってな」

「スケルトンが？」

この一か月で俺が集めた情報では、二層はコボルドという犬頭の獣人とスライムの二種類が出る階層だったはずだ。

スケルトンはもっと下層に行かないと、現れない。環奈ちゃんの一件は、あくまで例外と考えるべきだ。

骨が硬く、刺突が効きにくいスケルトンは、ゲームなどと違って実際はめんどくさい相手だ。

さらに筋肉がないことを逆手に取って、耐久力の限界まで力を振り絞ることができる。

少なくとも、異世界のスケルトンはそうだった。

「もう少し下層に出るものだとばかり思っていたが？」

「俺たちもそうさ。驚いたところを襲撃されて、この様《ざま》だ」

彼らの傷は、確かにゴブリンの与えてくる打撲や、コボルドの咬傷《こうしょう》とも、スライムの火傷《やけど》とも違う、明らかな切り傷。

　スケルトンは剣を持って現れるため、証言はその傷痕とも合致する。

「そうだ。美弥、彼らの傷を治してあげて」

「え、いいの？」

「ああ、かまわない」

　駆け出しパーティといえど、魔法使いがまったくいないわけではない。魔石の調達に難があるので、低レベルでは数が少ないいだけだ。

　パーティを組んでいるなら、その中に治療術師がいても、おかしくはないはずだった。

「少しだけど……私、傷を治せるから」

「治療魔法が？　助かる」

「この恩は必ず返すよ」

「すまない。君は天使だ」

「妹に手を出したら、その瞬間に殺すからな」

「お兄ちゃん！」

　口々に感謝の言葉を述べ、同時に色目を使ってくる奴《やつ》に牽制《けんせい》を入れておいた。

　美弥は俺を一睨《ひとにら》みして下がらせた後、ファーストエイドの魔術を発動させた。

もっとも擦り傷や犬の嚙《か》み痕を消す程度の魔法なので、気休め程度にしかならない。ならない、はずなんだが……


「おおっ⁉」

「す、すげぇ……ファーストエイドで、こんなに？」

「傷が見る見る消えていく？　本当にファーストエイドの魔法なのか？」

驚きの声が示す通り、彼らの傷は半ばほどまで癒やされていく。

その言葉から、日本でもファーストエイドという魔法は存在するようだが、美弥の使ったそれは効果がかなり大きいらしい。

明らかに、ファーストエイドの範囲を超えた治癒力である。

「美弥？」

「わ、私は変なことしてないよ？」

「でもさ……」

美弥もこの効果は予想外だったらしい。慌てた素振りでこちらを振り返っていた。

前回短剣に付与して使った時は、元の傷痕が小さかったから回復力を体感できなかった。

しかし今回は明らかに大きな怪我《けが》だったので、回復力の大きさが目立ってしまっていた。

もちろん前回同様、魔法の術式は異世界と同じものを使っている。術式の魔法陣に大きな違いがないのも、前もって確認した通りだ。

　これが二度目の魔法使用である美弥も、突出した魔術師ではない。魔法を使い始めたばかりの未熟な術者である。

　それなのに効果に差が出ているとすれば、ただ一つ。俺が用意した触媒。つまり杖の影響だ。

「魔石の力を一気に解放しちまったのかな？　とにかく、傷が治って良かったじゃないか」

「そ、そうなの？」

　おそらく違うのだが、でたらめであり得そうな嘘《うそ》を並べ立てておく。

　こうすることで、この治療は偶発的なものとして処理できるはずだ。

　杖による増幅効果を、第三者がいるこの場所で説明するわけにはいかない。

「帰りは自分たちだけで大丈夫か？」

「ああ。ここまで治してもらえたなら、あとは楽勝だ」

「ゴブリン程度なら、どうにでもできるからな」

　調子のいいことを言う連中に、俺は呆《あき》れたような視線を向ける。

「そう言ってスケルトンに襲われたんだろ」

「今度は、易々《やすやす》とやられないさ。ありがとな、バールおじさん」

「おじさん言うな」

俺の腰にぶら下がっているバールを見て、件《くだん》のバールおじさんと気付いたのか、そんな軽口を叩いてくる。

「スケルトンのことは管理局に報告する。しばらく二層には行かない方がいいぜ」

「そうしておく」

「あと、謝礼も魔石換金所に預けておくよ。あとで受け取ってくれよな」

「いいのか？」

「もちろん。これだけ治してもらった礼だ。安過ぎるくらいさ」

そう言って彼らは入り口に戻っていった。

もっとも、彼らは深層に進めるわけだから、俺たちより稼ぎがいいはずだ。

ここはおとなしく、礼を受け取るとしよう。

「お兄ちゃん、あの……」

「ああ、多分杖のせいかもな。あいつらがいたから、口にできなかったんだ。スマン」

「あ、ううん。別に謝ってもらうほどのことじゃ」

「そうか？　戦闘中に過剰治癒とか起きてたら、何か面倒なことになったかもしれないぞ」

治療魔法と言っても、万能というわけではない。

傷の程度に応じて適切な治療魔法を使わないと、体調に異常を来《きた》す可能性がある。

治癒力が足りない程度なら問題はないが、多過ぎると眩暈《めまい》や吐き気などを引き起こし、その場で昏倒《こんとう》する可能性だってある。

今の段階で、杖の効果が俺の想像以上だと気付いたのは幸いだった。

「この先に異常がある以上、俺たちも下に行くのはやめた方がいいかもな」

「ええー、今日も？」

「何事も上手《うま》くいかないもんさ。異世界でもそうだった」

「刀護さんがそう言うなら、いいですよ」

「環奈ちゃんは素直だね……いてっ」

俺が彼女にそう言って笑いかけると、美弥が肘で脇腹を突《つつ》いてきた。

もちろん、この程度で傷を負う俺ではないが、結構な勢いだ。

「なにすんだよ」

「環奈に手を出したら……殴るわよ、杖で」

美弥の怒気を受けて、俺はススッと環奈ちゃんから距離を取る。

ついでに両手も上げて無害であることをアピールした。

「よろしい」

「別にいいのに」

「環奈、何か言った？」

「う、ううん、なんにも」

美弥のじっとりした視線を受けて、環奈ちゃんも冷や汗を流している。

ある意味、この三人の中で一番力を持ってるのは美弥かもしれない。

「とにかく今日はもう帰ろう。まだ昼前だけど、お昼くらいならおごるから」

「え、いいんですか？　ごちそうになります！」

財政的に厳しい環奈ちゃんは、一も二もなく俺の提案に飛びついてきた。

なんか最近おごってばかりだけど、可愛《かわい》い妹のためなら、苦でもない。

美弥も、少し悩んだ末に了承する。

「まぁ、環奈を一人にできないし？」

「あんなことがあったばかりだもんな」

「だから一人でダンジョンなんて無茶《むちゃ》だって言ったのにね」

美弥が口にしているのは、スケルトンに襲われた一件だ。あの時は俺が駆け付けたから事なきを得たが、そうでなければどうなっていたことか。

「美弥も注意してくれてたんだ？」

「一応ルームメイトだから」

ツンと顎を反らして視線を背けるが、そもそも無関心だったらルームメイトだろうと警告すらしない。

なんだかんだ言っても、環奈ちゃんを心配しているのは、一目でわかる。

環奈ちゃんも環奈ちゃんで、そんな美弥のツンデレ振りを理解しているのか、生温かい視線を向けていた。

「な、なによ？」

「いや、なんでも。ほら、飯食いに行くぞ。何がいい？」

「じゃあ、フレンチのコースを」

「美弥、俺が借金持ちだってわかってる？」

「冗談よ。じょーだん」

どこの世界に昼食にコース料理をおごれる債務者がいるというのか。

俺が美弥を睨み返すと、環奈ちゃんが元気よく挙手した。

「私牛丼食べたいです！」

「牛丼？　もっと良いものでも別にいいんだよ？」

いくら債務者とはいえ、妹たちの食費くらいなら捻出できる。

そこまで気を使われると、少しだけ哀れな気分になってしまう。

そんな俺の心情を察したのか、環奈ちゃんは慌てて手を振った。

「いえいえ。女の子だけだと牛丼のお店って、なかなかハードルが高いんですよ」

「そうなの？」

「わりとあるわよね。オジサンたちがたくさんいるし、場違い感っていうのかな？」

「へぇ、初めて聞いた」

「最近はあまり気にする人もいないっぽいんだけど、私たちは何となくね」

「そうなんですよ。私だってガッツリご飯を掻《か》き込みたいのに」

見た目クール系に育った美弥に、ふんわり癒やし系の環奈ちゃんが牛丼を掻き込むのは、確かに違和感を覚えるだろう。

まぁ、そういう事情があるのなら、俺が連れていってやっても問題はあるまい。

悲しいかな、俺はそういう食事が嫌というほど似合ってしまうからな……

結局、その日の昼食はファミレスで済ますことになった。

いろんなメニューがあり、各人の好みで頼めるというのが最大の理由だ。しかも環奈ちゃんのリクエストにも応えられる店である。

なにより適度に安いのがありがたかった。

「でも女子高生をもてなす店としてどうなの？」

「それはファミレスの人に失礼だぞ、美弥」

「う、そこは謝るけど」

「私は好きですよ？　牛丼以外も頼めるし」

ギュッと拳を握って力説する環奈ちゃん。素直で優しい彼女の方が、妹属性強いんじゃないかと思えてきた。

美弥は育ってきた境遇が可哀想《かわいそう》だっただけに、人慣れしていない野良猫のような印象を受ける。

「まぁ、この店なら好きなだけ食べても大丈夫なくらいの蓄えはあるさ」

「お兄ちゃんって借金があるんでしょ？　大丈夫なの？」

「心配してもらえてありがたいが、それくらいの稼ぎはあるよ」

月収で百万以上。生活費を抜いて、それだけある。

このペースなら三か月で借金を返済しきれる稼ぎだ。

魔石が高騰している今だから稼げる額なのだろうけど、それはそれで今のうちに稼がせてもらおう。

「おごってもらってばかりだし、ちょっと心配になっちゃった」

「借金は三か月もあれば返しきれるさ」

「そっか。刀護さんは異世界で勇者だったから、戦いの経験豊富ですもんね」

「ま、まぁね。でもその話は内密に」

なにせここは他の人もいるファミレスの中だ。

女子高生二人を連れた男が自身を勇者と呼ばせてると思われると、変な目で見られてしまう。

周りから自分を『勇者』と呼ばせてる痛い人と思われたら、死にたくなってくる。ただでさえ『バールおじさん』という不名誉な呼ばれ方をされているのに。

「三か月で返済って、すごく稼げてるのね」

「そうだな」

「それなのに、あんなアパートに住んでるの？」

「うぐっ」

確かに前回彼女たちを招待した俺の部屋は、安アパートと言っていい質素なものだった。

しかしそれは、俺が何の資産も持っていない時に紹介されたもので、当時の俺としては涙が出るほどありがたい部屋だったのだ。

「俺がこっちに戻った時は、何の資産も持ってなかったからな。あの部屋でもありがたいくらいだったんだよ」

「あ、そっか。私が全部受け継いじゃったから？」

「まぁ、死亡扱いだったからしかたないよ」

少し申し訳なさそうにしている美弥を、俺は苦笑しながら慰める。

実際死亡扱いだったわけだから、無一文で路頭に迷うのはしかたない状況だった。

遺産に関してはいずれ再分配の話が高橋《たかはし》からくるかもしれないが、俺は面倒なので今のままでいいと考えている。

ぶっちゃけると、ダンジョンに潜れるなら、いくらでも稼ぐ当てはある。

「正直、ダンジョンがあるなら明日にでも全額返済する手段はあるんだけどな」

「えっ、そんなに？」

「要は魔石が値下がりする前に稼ぎきってしまえばいいんだから」

「刀護さんが容赦なく暴れ回れば、一日で稼げるってことです？」

「うん」

その代わり、階層のモンスターを俺に狩り尽くされ他の探索者に恨まれることになりかねないので、よっぽどの事態でない限りやる気はない。

悪い考えをごまかすように視線を窓の外に向けると、見慣れた人が駆けていくのが見えた。

日本に戻って一か月程度の俺からすれば、見慣れた人間なんて数えるほどしかいない。

「あれ、高橋さん？」

駆け抜けていったのは、厚生労働省迷宮管理課の高橋だった。もちろん相方の田中と名乗った職員も一緒だ。

この店はダンジョンが近いので、彼がいること自体はおかしくないかもしれない。

しかし血相を変えて走っているとなると、気になってくる。

「お兄ちゃんの知り合い？」

「ああ、厚生労働省の迷宮管理課の人だよ。部屋の世話とか戸籍の手続きとか、いろいろと世話になったんだ。日本の迷宮は厚生労働省が管轄してるからね」

これは迷宮を探査する探索者が、位相を突破する能力を持つ必要があるからだ。

探索者数の実態を把握するためには、厚生労働省が一番適しているらしい。

「へぇ……でも、妙に慌ててなかった？」

「そうだな。ちょっと気になるかも」

俺との会話では、話しにくそうにすることはあっても、狼狽《ろうばい》するような場面はなかった。

あんなに血相を変えてダンジョンの方に走っていく姿なんて想像もできないくらい、クールな印象を持っている。

先ほど、スケルトンが浅層に出てきたという話もあることだし、それに関連した問題なのかもしれない。

だとすると、あの探索者たちを治した美弥の治療魔法が、彼らの耳に届く可能性もある。

「うーん……」

「どうかしたの？」

「さっき治療したのは失敗だったかもな」

「なんで？」

あの時美弥は、ファーストエイドを超える治療をしてみせた。

もし高橋にその話が伝わると、俺と関わりがある美弥にも、何かあると勘繰られるかもしれない。

そうなると、美弥の杖《つえ》を俺が作ったことも知られ、俺の特殊能力に関して知られることになりかねない。

「美弥の杖のことを詮索されるかもしれないからさ。あとでちょっと様子を見てくるか」

「私も一緒に行った方がいい？」

「いや、むしろその場にいない方がいいだろう」

低レベルの美弥が、魔石九個を取り付けた杖を持っている段階で、何か奇妙に思われる可能性があった。

高橋はダンジョン関連の現場に出てくる人間だけあって、観察力が鋭いというのが、俺の印象だ。

「鋭そうな人だったからな。異世界のこととか、知られたくないこともあるし」

「なんで知られたくないんです？　刀護さんの力とか、すごく役に立つと思いますけど」

「役に立つから問題なんだよ。親切にしてもらったとはいえ、高橋さんは国の役人だからね。良いように使われる可能性がある」

「あっ、そういうこともあるんだ」

「彼個人はそこまでじゃないと思うけど、彼の上司までそうとは限らないからね」

役人というのは、上の地位にいる奴《やつ》ほど腐った根性の者が増える。無論俺の偏見だ。

だが、地位と権力が高まるほど、やれることが増えるというのが悪影響を及ぼしている可能性は否定できない。

もちろん、スラムに住むような連中にだってクズはいるので、権力者だけが悪とは思っていないが。

「とりあえず俺は様子を見てくるよ。悪いけど美弥たちはこれで会計を済ませておいて」

「え、良いの？」

俺は一万円札を二枚、美弥に渡しておく。これだけあれば、ファミレスの会計なら問題ないはずだ。

二枚なのは、環奈ちゃんの食欲に不安を感じたからである。

「お釣りはそのまま取っといて。それじゃ」

「え、お兄ちゃん!?」

「いいんですか？」

目を丸くする二人。高校生だと、ちょっとした贅沢《ぜいたく》ができる額かもしれない。

もっとも環奈ちゃんの様子を見るに、あまり残らない可能性が考えられるが。

「ひょっとして、もっと渡した方が良かったか？」

なんとなく、そんなことを考えながら、店を飛び出す。

再会したばかりの妹に良い格好を見せたいという欲求からなのだが、甘やかし過ぎかと考え直し、思考を切り替えた。

ファミレス自体はダンジョンの近くに存在したので、あだし野市のダンジョンの入り口まではすぐに辿《たど》り着いた。

ダンジョンの周囲はダンジョン関連の装備を売る店や、食事処《どころ》が非常に多い。

これは一仕事終えた探索者を狙った飲食店だ。俺たちが先ほどまでいたファミレスも、そういった類いである。

「高橋さん、どうかしたんですか？」

「あっ、夏目《なつめ》さん。どうしてここに？」

俺はファミレスで食事していたことを彼に告げ、何かあったのかと尋ねた。

するとやはり、浅層にスケルトンが出たことが話題になった。

「本来出る場所じゃないところにモンスターが出てくるのは問題です。しかも二回目ですから」

「環奈ちゃんの時みたいに、実力の足りない探索者が被害に遭うかもしれませんしね」

「それだけじゃないんです」

高橋は神妙な顔で、俺の言葉を受け継ぐ。

その間も、相方の田中はダンジョンの管理をしている者と話し込んでいた。

「八年前、ダンジョンからモンスターが出てきた事件がありました」

「ええ。俺の両親が犠牲になった時ですよね？」

「はい。その時も浅い階層にいないはずの敵が出てきたと、後の調査で判明しました」

「つまり、今回も？」

「その可能性がある、と考えています」

ダンジョン内では、モンスターは特定の階層で出てくる敵が決まっている。

スケルトンなどのアンデッドモンスターは、このあだし野ダンジョンでは五層以下でしか出てこない。

それが二層で出たというのは、当時を知る高橋からすれば、放置できる問題に思えなかったようだ。

「俺たちも警戒した方がいい、ということですね」

「もちろんですが……おそらくダンジョンはしばらく閉鎖になるかと思います」

「それ、俺が困るんですけど」

日々借金を返すためにダンジョンに潜っている身だ。ダンジョンが閉鎖になったら、非常に困る。

「もちろんその事情はこちらも把握しています。ですが命あっての物種とも言いますから」

「まぁ、そうなんですけど……」

死ぬよりはマシ、と高橋は言いたいのだろう。だが異世界の修羅場を潜《くぐ》ってきた俺からすれば、スケルトン程度では脅威にならない。

むしろ借金取りの方が怖い。マジで勘弁してください。せっかく妹と再会できたのに、遠洋漁船に送り込まれるのは嫌です。

いや、さすがにそんなことにはならないと知ってるけどね。

「大至急、調査隊を編成して原因を究明しますので、それまでは自重してください」

「はぁ……」

「場合によっては、海外からも援軍を呼びますので」

「海外からも？　そこまでの大事《おおごと》なんですか？」

「ええ。モンスターが外に出ると、市民に被害が出ますから」

「ああ、確かに」

俺の両親はそうして犠牲になった。ダンジョンという危険地帯が国内にある状況で、市民に被害が出るとヒステリックに騒ぐ連中が出てくる。

市民の反対運動が起これば、ダンジョン内の魔石という資源を回収する作業に、支障が出かねない。

そこで一刻も早い解決を目指すべく、高橋たちが駆け付けてきたということだ。

「わかりました。しばらくは自重することにします」

「お願いします。返済の方は、こちらで配慮するように指示しておきますから」

「そうしてくれると、助かります」

とはいえ、借金を抱えている身である。しかも住居について、美弥にも言及されていた。

俺としては一刻も早く借金を返済し、あのアパートから出て一軒家に居を構えたいと考えていた。

ならばこっそり忍び込み、魔石を稼ぐのも悪くないだろうか？

別段魔石は腐るものではない。採取した分はアイテムボックスに収納しておき、ほとぼりが冷めてから売り払えば問題はない。

それに美弥のために魔石を用意する必要もあるため、予備は多い方がいい。

「それじゃ、今日のところはこれで」

「はい、お騒がせして申し訳ありません」

「いえ、安全に関わることですから」

俺は高橋に手を振って、その場から離れた。

背後を振り返ると、俺の後にやってきた探索者が高橋に食って掛かっている様子が目に入る。

おそらく俺よりも高レベルの探索者たちだ。

彼らの稼ぎは俺よりも遥《はる》かに多い。ダンジョン封鎖による被害は、俺の比ではないはず。

「高橋さんも大変だ」

レベルの高い探索者は、身体能力も高くなっている。

言うなれば、アスリート並の能力を持つごろつきと言ったところだ。

そういう連中を従わせないといけないのだから、その労苦は計り知れない。

俺が見たところ、高橋もかなりの能力を持っているように見えるが、おおっぴらに暴力を振るえない立場だけに、面倒は多いはず。

「いいから通せって言ってんだ！」

周囲に響くような声で探索者が高橋の胸ぐらを摑《つか》んだところで、俺も黙っていられなくなった。

懐に仕込んだ鉄球を取り出し、探索者に向かって親指で弾《はじ》き飛ばす。

俺の筋力から撃ち出された鉄球は弾丸とまではいかないが、かなりの勢いで探索者の頭部に炸裂《さくれつ》した。

衝撃で鉄球は明後日《あさって》の方向に飛んでいき痕跡は残らない。探索者の身体《からだ》はぐらりと傾《かし》ぎ、倒れ込む。

「な、なんだ？」

「どうしました!?」

突然倒れた探索者に、高橋は狼狽《ろうばい》し、他の探索者も驚く。

しかし高橋が手を出していないのは、目の前にいた探索者たちも知っているし、周囲には人もいない。

飛んでいった鉄球も大きさは一センチ程度しかないため、砂利などに紛れ、見つからないと思われる。

俺はそれを確認してから、その場を離れたのだった。


ダンジョンが閉鎖されて三日。俺はダンジョン前にやってきていた。

こっそり忍び込もうという魂胆だったのだが、ダンジョンの出入り口には常に見張りが張り付いていた。

その機会を見定めるため、散歩に来た風を装いつつ入り口の方を窺《うかが》っていると、建物の玄関から高橋がやってきた。

「あれ、高橋さん?」

「おや、夏目さんじゃないですか。ダメですよ、ダンジョンは閉鎖中です」

「ああいや。『まだかなー』って、散歩がてらに様子を見に来ただけです」

「そうですか。申し訳ありません、残念ながら」

「みたいですね」

門の見張りには、銃火器を構えた自衛隊の隊員が付いている。

内部のモンスターに銃火器は効かないので、これは不法に侵入しようとする探索者に向けたものだ。

彼らはだらけた様子で門を見ていた俺に、胡乱《うろん》な視線を向けてきていた。

おかげで忍び込む隙が見当たらない。

「ところで……？」

「ああ」

俺は高橋の背後に控える十名ほどの男に注目する。

いかにもツワモノという雰囲気を纏《まと》わせている、野戦服を着た男たちだ。

全員体格が良く、無駄な筋肉やぜい肉は付けていない。研ぎ澄まされたナイフのような男たちだ。

特徴的なのは、明らかに自衛隊関係者なのに連隊記章も階級章も付けていないところか。

どこかの特殊部隊なのかもしれない。そういった部隊などは所属を示す記章などは付けないという話を聞いたことがある。

高橋は背後を振り返り、先頭の男を指し示す。

「こちら、自衛隊のダンジョン対策部隊の方々です。援軍として来てもらいました」

「そうだったんですか。初めまして、夏目です」

「三島《みしま》です」

俺が定型文的に一礼すると、意外にも相手も敬礼を返してくれた。

自衛隊ということで対外イメージを大事にしているのかもしれない。

ただ階級までは口にしないところを見ると、警戒はされているらしい。

こちらも儀礼的に右手を差し出し、握手を求めた。

三島は敬礼を解いて俺の手を握り、ギュッと力を入れてきた。

「って」

不意を突かれた俺は一瞬声を漏らしてしまったが、別段痛がるでもなく、やり過ごす。

そんな俺を意表を突かれたように三島が見てくる。

「あなた、強いですね」

「え、まだ1レベルですよ」

「まさか！」

「……えっと、高橋さん、それじゃちょっと妹と会いに行ってきますよ」

どうも、強く握られた程度の認識だったが、彼は結構力を入れていたみたいだ。

異世界では、俺に近い強者がごろごろいたので、感覚が狂っていたらしい。

見抜かれたのをごまかすように、俺は高橋に逃走を申し出た。

「妹さん……」

そういえば高橋には、妹と偶然会ったことを話していなかった。

俺はその辺りの事情を軽く説明すると、逃げるようにその場を後にした。

背を向ける俺に、三島はそんな俺に鋭い視線を向けてくる。

「また会いましょう。『1レベル』の夏目さん」

嫌味《いやみ》で言われる『1レベル』は聞き慣れてきたが、この『1レベル』は明らかに揶揄《やゆ》するような感情が籠もっていた。

これ以上ないほど雄弁に『お前のような1レベルがいるか』という意思を感じられた。

こういう時はボロを出さないうちに退散するに限る。

俺は三島に背を向け、同時に三島たちもダンジョンへ向かう。

その気配を感じ取り、俺はひとまず安堵《あんど》の息を吐《つ》いた。余計な追及を受けずに済んだ。

そう思った時、かすかに、ぎりぎり聞こえるかのような声が聞こえた……気がした。

『トーゴ様……』

その声に俺は硬直し、同時に振り返った。

聞こえるはずのない声。それは異世界に置き去りにしてきた声だったからだ。

「ペロル？」

彼女がここにいるはずがない。先ほどの声は幻聴に違いない。

そう確信しているはずなのに、そんな自分が信じられないでいた。

「まさか……いるのか？」

呆然《ぼうぜん》と呟《つぶや》き一歩踏み出そうとしたところで、鋭い視線が向けられていることに気付いた。

ここは封鎖中のダンジョン前。戻ろうとした俺に向けて、見張りを受け持つ自衛官が鋭い視線を向けてきていた。

「あ、いや……なんでもないですよ、なんでも」

俺はそう愛想笑いをしてから、ダンジョン前から退散したのだった。


俺はダンジョンの向かいにある喫茶店に入って、入り口を観察していた。

高橋は三島たちの案内に同行するのか、ダンジョンに一緒に入っていった。

そして見張りは入り口から動かない。

一時間ほど喫茶店で粘り、その後店を出て再び入り口を観察していた。

今度は見張りの視界に入らない場所からである。

こうして見張っているのは、先ほどのペロルの声が気になったからだ。

ひょっとしたら中に……という疑惑がどうしても消えないため、できるなら中に侵入したいと考えていた。

「おっ」

しばらく見張っていると、別の隊員が見張りの交代のためにやってきた。

見張りの隊員も彼に視線を向け、軽く息を吐いて気を抜いているように見える。

俺はそれを見て店から出て死角から彼らに近付き、懐から鉄球を出して転がす。

「うん？」

その音に見張り二人の視線が引き寄せられる。俺はその隙に角から飛び出し、足音を殺したまま迷宮の中に飛び込んでいく。

異世界で鍛えた身体能力があれば、一瞬の隙に十数メートルは移動できる。

二百を超えるステータスとは、それほど常人の枠を超えた能力を発揮できるのだ。

「何の音だ？」

「さぁ？　金属っぽかったけど」

「誰もいないよな」

「ああ、人影は見えなかった」

そう言って頷《うなず》きあい、元の位置に戻っていく隊員たち。

俺の侵入には気付かなかったらしいので、安堵の息を漏らす。

見張りが元の位置に戻るのを確認してから、奥へと進んでいった。

「援軍が来るって言ってたのは、三島たちのことだったか」

三島の名前は俺も聞いたことがあった。

ネットなどで世界の探索者をランク付けしているサイトなどもあり、そこに日本の代表的探索者として掲載されていたのを思い出す。

探索者はいろんな意味で注目を集める存在なため、そういったファンサイトのようなものも多数存在した。

「一応日本代表って立ち位置なのか」

スマホで確認した限りでは、彼は日本最強の29レベル。ステータスは平均二百台前半と推測されていた。

俺の運動系ステータスが二百台中盤なので、俺とほぼ同等の能力を持っていると考えられる。

そのせいだろうか、彼は俺の手を握るより先に俺に違和感を持っていたように窺えた。

「気付かれたのは、感覚ステータスが高いせいかね？」

ステータスの感覚値は、状況の違和感を感じ取る能力に繋《つな》がっている。

俺がゴブリンの位置を把握できるのも、この感覚値によるところが大きかった。

三島たちの後を追いつつゴブリンを十四倒し、今日のノルマを終わらせる。

「さて……」

いつもならこれで帰還して、魔石をアイテムボックスにしまっておくところなのだが、先に進んだ三島たちのことが気になる。

同時に高橋の安否も気になった。

俺の生活は高橋に支えられている面が大きいため、彼の安全は俺の生命線とも言える。

「うーん、三島たちは直接二層に向かったのかな？」

二層目に出てくる敵はコボルドとスライム。

ＲＰＧではゴブリンと並んで雑魚《ざこ》扱いされるモンスターだが、実際に戦うとなると話が違ってくる。

スライムは粘液状のモンスターで、内部にビー玉程度の核がある。

その核を潰さない限り倒せないので、実は倒すのが非常に難しい敵である。

物理的な攻撃にも耐性があるため、難敵と言って問題はない。

攻撃力は低いのでそれほど脅威ではないが、かわりに精密な攻撃を要求される敵だ。

反面、コボルドは攻撃力の高さが予想を上回る。

二足歩行の中型犬と考えれば、その殺傷力は侮れないとわかるだろう。

一メートル程度の体軀《たいく》ゆえに甘く見られているが、そのサイズの中型犬と考えれば、その危険度が理解できる。

首に食らいつかれれば余裕で肉を食い千切られる鋭い牙を持ち、人間のように武器を操る器用な手もあるのだから、雑魚なはずがないのだ。

「典型的な実物とイメージの嚙《か》みあわない連中だよな」

とはいえ、異世界で散々犬以上の大型モンスターと戦ってきた俺である。

今更一メートルの犬程度でひるむはずもない。

遠くで遠吠《とおぼ》えの声が響く。そちらに注意を向けた瞬間、頭上からスライムが降ってきた。

「おっと」

遠吠えに注意を向けた瞬間を狙ってくるのだから、頭脳でもあるのかと思えるくらいだが、実際はそれほどの知能はない。

だがダンジョンの天井の高さからの自由落下では、それほどの速度は出ていない。

俺はバールを一振りしてスライムを薙《な》ぎ払い、壁に叩《たた》きつけた。

その衝撃で核まで壊れたのか、スライムはただの粘液と化してずるりと流れ落ちた。

「うん、美弥たちには帽子か兜《かぶと》を用意した方がいいな」

スライムは基本的に、物陰から這《は》いずってくるか、天井から落ちてくるしかない。

走れば充分に逃げられる速度しかないので、不意打ちさえ対応しておけば怖くはない。

問題は、その不意打ちを躱《かわ》すことが難しいという点だ。

俺ほどの反射速度を、美弥たちに求めるのは難しい。

そこにいるとわかり、対処法さえ間違えなければ、スライムは怖い敵ではない。

ぶっちゃければビニール傘を差しているだけで、頭上からのスライムの攻撃は防げる。

適切な対応さえしていれば、危険度は低いモンスターだ。

もっともそれは、大半のモンスターに言えることでもある。

「あ、聞こえちまったか」

スライムを壁に叩きつけた音が聞こえたのか、通路の向こうからコボルドが走り寄ってくるのが見えた。

しかし正面から襲い掛かってくる犬なら、特に怖くはない。

犬の恐ろしいところは群れを成して、チームワークで襲い掛かってくるところだ。

それはコボルドであっても変わりはない。

しかし正面からやってきたのは一匹だけなので、何の脅威も感じない。

「どっせい」

気の抜けた声を上げながらコボルドの顔面にヤクザなキックをぶち込む。

勢い付けて飛びかかってきたところに、カウンターの蹴りを炸裂《さくれつ》させた。

コボルドはその生態上、人間よりも首が長い。

それは弱点となり得る長さであり、案の定ゴキンという感触が足に伝わってきた。

そのまま地面に転がり魔石へと変じていく。俺はスライムとコボルドの魔石を回収してから先に進む。

するとその階層ではあり得ない足音を聞きつけた。

「硬い足音？」

コボルドの床を爪で引っかくような足音ではなく、硬い物を詰めた袋を地面に落とすような音。

これは明らかにコボルドではない。

「スケルトン、か？」

本来ならスケルトンはこの二層には現れない敵だ。

アンデッド系は意外と倒しにくい敵で、このあだし野市のダンジョンでは、五層以下でしか現れないと言われている。

ゾンビやスケルトンは、元が死体であるだけに肉体の限界まで力を発揮できる。

人間と違って運動能力にリミッターがかかっていないのだ。

そもそも倒しやすい雑魚敵だったのなら、映画などであれほどゾンビが持《も》て囃《はや》されたりしない。

「ま、倒し方を知っていれば、強敵でもないんだけどな」

通路の奥から現れたのは、二体のスケルトンだった。

ご丁寧に曲刀《シミター》と小盾《バックラー》という定番装備を完備している。

カクカクしたアンデッド独特の動きでこちらに襲い掛かってくるスケルトン。

こちらの手にあるのはバール一本なので、片方を避《よ》け、片方を受け流す。

スケルトンの体勢が崩れるが、これは人間ではあり得ない動きで持ち直す。

この生物ではあり得ない動きこそアンデッドの真骨頂なのだが、俺を相手にするにはさすがに遅過ぎる。

次の攻撃が来る前に、スケルトンの腰骨を砕く。

体幹の中心である腰骨を砕かれては、人型を保つことはできない。

これがスケルトン……いや、アンデッド攻略の最適解。

少なくとも実体を持つアンデッドなら、これでどうとでもなる。

「ホイッと」

続けざまにもう一体のスケルトンも倒す。

「しかし、スケルトンが出ているってことは、まだ解決には至ってないのか」

と言っても三島たちが潜ってまだ一時間程度。そう簡単に解決できるものでもないはず。

「俺なら……」

解決できると考えてしまうのは、やはり自惚《うぬぼ》れというものか。

今は異世界にいた時ほどの力は持っていない。

ステータスもスキルも引き継いでいるが、致命的に手持ちのアイテムが足りない。

今の俺に異世界の時の力は発揮できない。

「無駄な考えだな。今は三島たちに任せるしかないか」

現場にいれば手伝うことくらいは可能だろう。

もちろん、そんな真似《まね》をすれば、俺の力が高橋たちに知られてしまう。

経済力も発言力もない今の状況で力をひけらかすのは、あまりにも悪手だ。

「ま、もうしばらくは我慢だよな」

そう結論付けて先に進もうとした時、目の前から悲鳴が聞こえてきた。

「今の声……高橋さん⁉」

通路の先から聞こえてきたのは、聞き間違いようのない声。

その確信を得て、俺は急いで先に進んだ。

いくつかの角を曲がった先に不自然に大きな広場があり、そこに高橋の姿はあった。

もちろん三島たちの姿も。全員怪我《けが》を負っているが、生きてはいる。

問題があるとすれば、彼らの先に百を超えるスケルトンの大群が存在したことだ。

そして、後方のスケルトンは、巨大な魔石を引き摺《ず》っていた。

「なんだ、あれ……」

その大きさに思わず俺は声を漏らすが、幸か不幸か、こちらには気付いていない様子だ。

「状況は、かなり悪いな」

俺がそう呟《つぶや》くのもしかたない。三島たちは揃《そろ》って多少の傷を負っていた。

むしろ、それだけで済んでいるのは、大したものだと評価すべきか？

スケルトンの大群。それだけ聞けば大したことがないように聞こえるかもしれない。

しかし、数の暴力というのは、いつだって最強の力の一つだ。

異世界でも、歴代の勇者たちは、魔王軍の『数』に敗北していた。

三島が細かく指示を出し、じりじりと広場の出口に向けて移動していたが、すでに包囲されてしまっているので上手《うま》くいっていない。

このままでは、押し切られるのも時間の問題だろう。

「しかたないか？」

ここに俺がいることも問題だが、俺の力がバレてしまうことも問題だ。

しかしこのままでは、三島はもとより、高橋まで危険に晒《さら》される。

俺の生活は彼の恩恵を多大に受けているため、見捨てるのは忍びなかった。

俺は手持ちのゴーレムの触媒を四つ取り出す。これは現在、俺が所持している触媒の全てだ。

その一つでアイアンゴーレムを作る要領で鎧《よろい》を作り、全身に纏《まと》って姿を隠す。

さらに三体のゴーレムを呼び出し、制御下に置いた。

さすがにこの数になると隠れていられないため、三島たちに気付かれてしまう。

「新手だと!?」

「しかもゴーレム、鉄製の奴《やつ》だ」

「こんな浅い場所にいる敵じゃないだろ！」

「今は守れ、後方警戒！」

三島の号令で陣形が後方に二人置く形に変化した。その分三島への攻撃が激しくなるため、彼の負担が増える。

俺を警戒するのは、まったくの無駄だが、そんなことを彼らが知るべくもない。

「オオオオオオオッッッ!!」

俺はできるだけモンスターっぽく雄叫《おたけ》びを上げ、スケルトンの群れに突入して腕を振り回す。

ゴーレムの力で薙ぎ払われたスケルトンたちは、木っ端のように吹っ飛んでいった。

「仲間割れ？」

「今はいい！　この隙に態勢を立て直すぞ」

突如乱入した四体のゴーレム——一体は俺——に、スケルトンは包囲を崩す。

その隙を逃さず、三島たちは壁際に寄って陣形を組み直した。

壁を背後に置くことで前方に戦力を集中できる形だ。反面、逃げることができないため、背水の陣と言ってもいい。

俺はゴーレムたちを、三島を援護させるように周囲に配置して暴れさせる。

スケルトンたちは俺たちを敵と認識したのか、こちらを包囲し始めていた。

だが今回は上手《うま》くいかない。それは俺たちだけでなく、三島たちも参戦したからだ。

アイアンゴーレムは大したことない強さだが、それでもスケルトンよりは強い。

それが俺を含め四体に、三島たち四人。

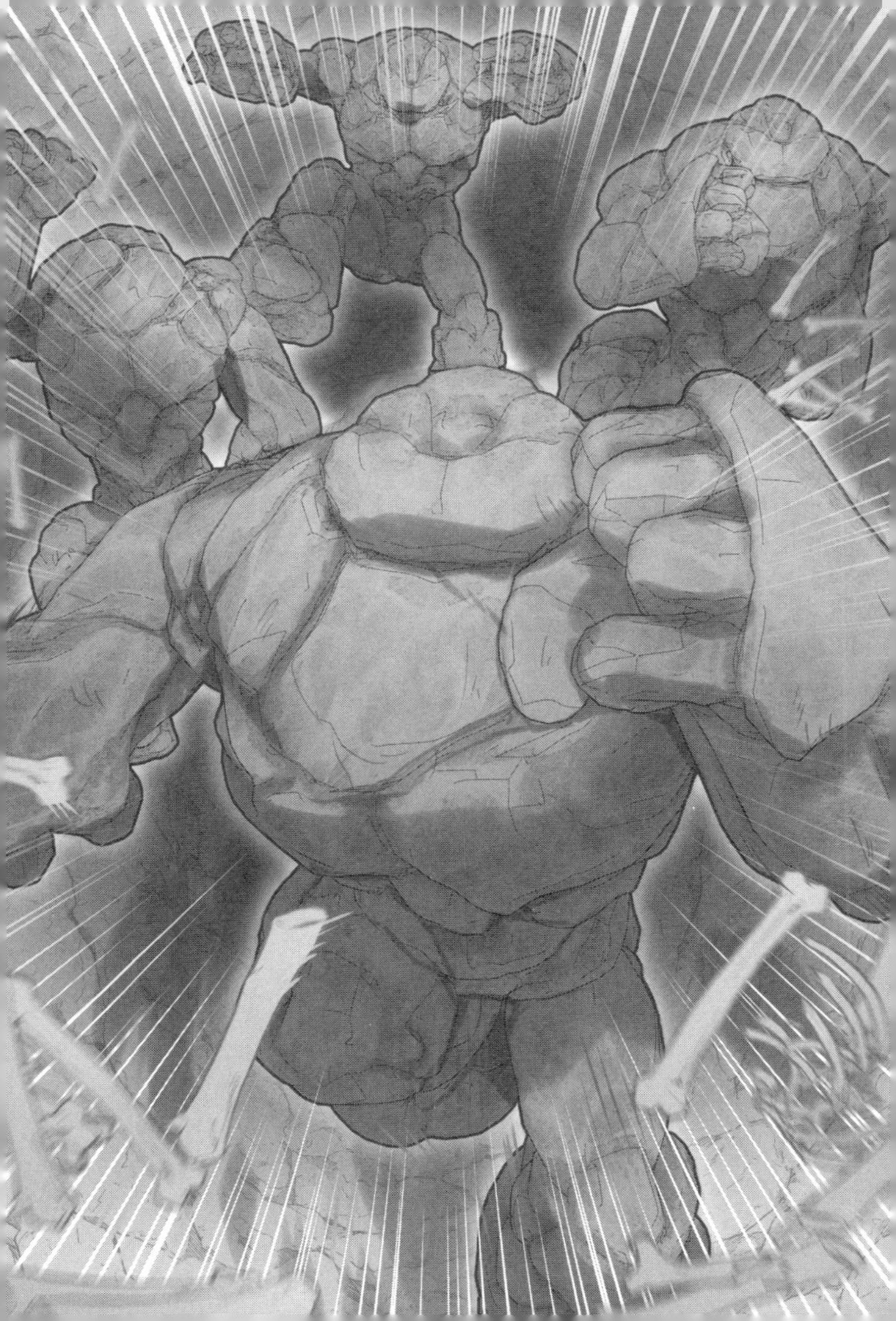

戦力差はまだ十倍以上あるが、連携によって補える戦力差になっている。

「ゴーレムを援護しろ。できるだけ食い合わせて敵を削るぞ！」

「はい！」

三島の判断でゴーレムを援護するように動き、スケルトンの数を削ってくれる。

同時にスケルトンの攻撃でゴーレムたちも損壊していき、俺の制御下にある三体は破壊されてしまった。

俺が纏っているゴーレムだけはまだ平気だったが、これ以上は中に潜む俺が見つかってしまいかねない程度には破損している。

俺は充分にスケルトンの数を減らしたと判断し、さりげなく岩陰へと移動していく。

そこでゴーレムの鎧を完全に損壊させると同時に、陰に飛び込んで身を潜めた。

「よし、ゴーレムは全滅したぞ。残るはスケルトンだけだ」

「あとは十数体ってところですね」

「これなら、余裕で対処できます」

ゴーレムを失ったが、残った数はさほど多くない。

まだまだ数は劣勢だが、三島たちの能力ならば苦戦するほどでもない。

実際、その後数分でスケルトンを殲滅《せんめつ》した。

「今回のスケルトンの異常発生、さっきのゴーレムが関係しているんでしょうか？」

「さて、どうでしょう？　ですが、ここにゴーレムが現れるという事態も異常ですし、無関係ではないかもしれません」

岩陰からそんな会話を聞いて、俺は思わずずっこけそうになった。

ここでゴーレムが出てきたのは俺のせいだし、事件とはまったく関係がない。

いや俺が余計なことをしてしまったので、調査の結果が歪《ゆが》んでしまったのかもしれない。

「ゴーレムの関与はわかりませんが、あと数日様子を見ようと思います。それより……」

「ええ。こっちの魔石ですね」

スケルトンが運んでいた巨大な魔石。

その大きさは二メートルにも及ぶ。薄青く光っているため、透明度は低い。

「さすがにこのサイズを持ち出せる道具は持ってきていませんよ？」

「いや、それは知っています。いったん戻って、運搬道具を持ってきましょう。幸い入り口を封鎖しているので、他の探索者にちょっかいを出されることもないでしょう」

「そうですね」

そこで三島たちは、ゴーレムやスケルトンの魔石がないことに気が付いた。

「このスケルトンとゴーレム、魔石を落としていませんね」

「なに？　そんな事例は初めて聞くぞ」

通常、モンスターを倒せば魔石を落とす。これは魔石がモンスターの生態に深く影響を与える物質だからだ。

しかしゴーレムは触媒から生み出されるため、魔石を落とさない。残されるのは触媒に使った真球状の鉄球だけである。

その違いに気付かれ、俺は一瞬ギクリと首を竦《すく》めた。

「やはり異常……ですね」

「ええ、要観察です」

そう結論付けた後、彼らは地上へと戻っていった。

それを確認してから、俺は岩陰から出て行ったのである。

第五章

異世界からの来訪者

　岩陰から姿を現した俺は、そのまま巨大な魔石へと歩みを進める。

　これほどの魔石は、異世界でも滅多《めった》に見たことがない。よほど巨大なモンスターか強力な魔族でないと、ここまでの大きさの魔石は持たないだろう。

　魔石とは異世界では魔法を使う原動力となる。一種の臓器のようなものだ。

　体内の魔石が大気中の魔力を貯蓄する。術者はそこからその力を取り出し、魔法を使う。

　モンスターが強力な力を発揮するのも、巨大な身体を維持できるのも、この魔石あっての話だった。

「すげーな。このサイズは魔王でも持っていなかったぞ」

　秘めた魔力の純度はさほど高くないようだが、桁外れのサイズは圧倒的だ。

　高さ二メートルを超える魔石は、エンシェントドラゴンクラスでないと持っていないのではないだろうか？

『トーゴ……さま……』

「ペロル⁉」

そこで再び、ペロルの声が聞こえてきた。

事ここに至って、俺は目の前の魔石が、その声の発生源であると気付く。

しかし異世界の住人の声が、なぜ目の前の魔石から聞こえてくるのか？

俺はその原因を調べるべく、魔石に手を伸ばす。

「ペロルは優れた魔術師だったけど、これほどの魔石を作り出すことはできなかったはず」

異世界でひたすら俺を慕ってくれた、狐人族《こじん》の少女を思い出す。

モンスターに襲われていた村に住んでいた、孤児となってしまった少女。

俺と一緒に旅するために血のにじむような訓練を積み、一流の魔術師に至ったかけがえのない仲間であり、家族だ。

しかし俺やアクアヴィータ姫ですら一目置くほどの実力を持つに至った少女だが、さすがにこのサイズの魔石を作り出すほどではない。

俺が魔石に手を触れると、魔石からは生温かいような不思議な感触が伝わってきた。

同時に、ピシリと小さな音が響く。

「えっ？」

俺がその音を不審に思うより先に、目の前の魔石が砕け散った。

周囲に青い光を放つ石が舞い散り、その中心に小さな人影が見えた。

「ペロル⁉」

魔石の中から出てきたのは、異世界に置き去りにしてきた狐人族の少女、ペロルだった。

身に着けていた衣服は、魔石が弾《はじ》けた瞬間にぼろぼろと崩れていった。

一瞬、彼女も崩れるのではないかと不安に思ったが、そのようなことは起きなかったので、安心する。

つい最近別れた時は十二歳だった彼女は、その時の記憶より少しだけ成長しているようだった。

そのまま地面に激突しそうになったので、俺は慌てて彼女の身体を受け止めた。

ふわりとした柔らかな感触に、やはり別れた時より育っていると実感する。

「お、おい、ペロル？」

ピクリとも動かない彼女の様子に、俺は最悪の事態を想像して、慌てる。

口元に手を当てて呼吸を確認し、手を取って脈を測る。

「よかった、生きている」

最悪の事態ではなかったことに安堵《あんど》する。

しかしなぜここにペロルがいるのか、それがわからない。

「なんで日本に……」

その疑問に首を傾《かし》げながらも、着ていた革の上着を彼女にかける。

わずかとはいえ成長した彼女の姿は、さすがに目の毒に感じられた。

こうして抱きかかえているだけでも、そこはかとない罪悪感が湧き上がってくる。

「と、とにかく、どうにかしないと」

周囲に視線がないことに感謝しつつ、この状況をどうすべきかと、頭を悩ませる。

しかしその時間は与えられなかった。

「確かこっちの方で――」

遠くから三島《みしま》たちの声が聞こえてきたので、俺は急いでその場を離れ、岩陰に隠れる。

身を潜めると同時に、三島たちが広場に入ってきた。

「ぎりぎりセーフ。さてどうするか？」

岩陰に身を潜めつつ、一息吐《つ》いてからそう漏らした。

ダンジョンの入り口の方向は三島たちに抑えられている。しかしペロルを早く休ませてあげたい。

できるなら医者に見せたいところだが、狐人族の彼女を日本の医者に見せるわけにはいかない。

それに、俺の部屋に彼女を連れ込むというのも、いろいろと問題があるかもしれない。

なにせ異世界では、ペロルは積極的に攻めてくる代表格だったのだから。

「ま、まぁ、見捨てるわけにもいかないしな」

とはいえ、日本に知人のいない俺にとって、頼る相手など皆無に等しい。

学校の寮暮らしである美弥《みや》や環奈《かんな》ちゃんに預けるわけにはいかないし、高橋《たかはし》に頼るのも問題がある。

結局のところ、俺の部屋に匿《かくま》うしかないので、ひとまずダンジョンから脱出することを優先した。

「魔石が!?」

「何者かが横領しに来たのか？」

「それにしては、破片が残されている……自然に壊れたのか？」

三島たちは壊れた魔石の周囲を丹念に調べ、周辺を警戒する。

しかし俺が本気で隠れたなら、彼らが見つけることは難しい。

実際、俺にはまったく気付かず、周辺を警戒し続けていた。

しばらく警戒していた三島たちだが、周辺に誰も発見できなかったので、ひとまず安心したらしい。

「なぜ魔石が割れているのかわかりませんが、周囲に敵はいないようですね」

「それは探索者も含め、ですか？」

「ええ。少なくとも私には発見できません」

「そうですか……いや、とにかく魔石を回収しましょう」

「はい」

三島たちは魔石を運搬用の車に積み込み始めた。

俺はその隙に広場を通過し、出口付近まで戻る。

問題は、見張りが出入り口を封鎖していることだ。

「どうやって脱出するか……？」

鉄球は全てゴーレムの触媒として使い切ってしまっていた。

入った時のように、物を投げて音で注意を逸《そ》らす方法は使えない。

いや、そこらの石ころを投げれば気を散らせることは可能ではあるが、ペロルを抱えたまま高速で動くと、彼女に負担がかかる。

しばし思案した後、俺はペロルを床に寝かせ、手ごろな石を拾った。

地べたに寝かせることに、少し罪悪感を覚える。

「ホイッと」

石を投げ、一瞬だけ見張りの注意を逸らし、その隙に背後に忍び寄って手刀を首筋に叩《たた》き込む。

実際はこの方法で気絶させることは難しいのだが、俺の腕力ならば問題ない。

というか下手《へた》をすれば首トンで済まず、首ボトンと切断しかねないので、力加減が難しかったりする。

「ぐっ」

くぐもった呼気だけを残して、くたりと見張りが崩れ落ちる。

「悪いね。この詫《わ》びはそのうち、機会があればなんかするから」

見張りの身体を、地面に倒れ込む前に支え、壁に寄りかからせる。これは別に彼の身を案じたわけではなく、倒れることで起きる物音を警戒してのことだ。

彼の身体を壁にもたせかけ、ペロルを回収する。

問題は、どうやって俺の部屋まで彼女を連れていくか、だ。

なにせペロルには、派手に目立つ尻尾《しっぽ》と狐《きつね》耳が生えている。

おかっぱの黒髪は日本で目立たないが、この耳と尻尾だけはごまかしきれない。

「すまん、ちょっとだけ我慢してくれな」

俺は探索者用のロッカールームに飛び込むと、そこで大きめのタオルを複数用意した。

タオルでペロルの腰回りを尻尾ごと包んで隠し、頭にもタオルを巻いて耳を隠す。

革の上着は彼女には丈が長いので、タオルと合わせて際どい所は隠せるだろう。

とはいえ、まだまだ幼げな彼女を上着一枚タオルぐるぐる巻きで背負っていくのは、はっきり言って事案である。

可能な限り速やかに、かつ人目につかないように運ぶ必要があった。

「……あー、しかたないな」

おとなしく道なりに帰れば、確実に人目に付き、警察のお世話になるだろう。

ならば道を使わなければいいだけの話だ。

俺は単純に答えを出すと、ペロルを抱えたまま跳躍し、民家の屋根へと移動した。

そしてそのまま屋根伝いに跳躍していく。

俺の身体能力に任せた強引な移動方法だが、こうでもしないと人目についてしまう。

そうして俺は部屋のベランダから帰還し、一つしかないベッドにペロルを寝かせた。

「さてと……」

外部の人間にペロルの存在を知らせることができない以上、事情を知る人間の協力が必要だ。

ペロルはいまだ意識が戻らないため、世話をする人間が必要になる。

そして彼女はまだ幼いとはいえ女性である。俺が勝手に世話を焼いたら、目を覚ました彼女が気まずい気持ちになりかねない。

何より俺が、セクハラ案件で美弥や環奈ちゃんから軽蔑の目で見られるのは避けたかった。

「となると、やはり美弥たちの力を借りるしかないよなぁ」

今この日本で、俺の事情を知っているのは彼女たちしかいない。

しかしいきなり狐耳幼女の世話をしてくれと言われれば、きっと困惑するだろう。

だからできるだけフランクに、印象良くお願いする必要があるはずだ。

「よし……！」

俺は媚《こ》びる決意をして美弥に電話をかける。

ほどなくしてコール音が途切れ、美弥の声が聞こえてきた。

「もしもし、お兄ちゃん、どうかした？」

「助けて美弥たん」

「…………………」

しばしの沈黙の後、美弥は電話を切りやがった。

少しフランク過ぎたかと反省し、再びコールする。

「すみません美弥さま。助けてください」

「最初からそう言えばいいのよ。どうしたの？」

「いや、ちょっと説明しづらいことが起きてね。俺の部屋に来れるか？　できれば環奈ちゃんもいてくれるとありがたい」

「いいけど、ちょっと環奈の都合も聞いてみるわ」

「頼む」

俺の声から真剣な頼みと判断したのか、美弥は即座に環奈ちゃんの都合を聞いてくれた。しばらくして、美弥から返事が戻ってくる。

「環奈も大丈夫らしいから、今から向かうわ」

「ああ、手間をかけさせてすまないな」

「別にいいわよ、お兄ちゃんには訓練してもらってるし。一時間くらいかかるけど、いい？」

「ああ、多分大丈夫だ」

ペロルはしばらく目を覚ます気配がない。美弥たちが来るまでは、おそらく現状維持だろうと判断する。

返事を聞いて美弥は電話を切ったので、俺は再びペロルの様子を窺《うかが》った。

「大きくなった……よな？　相変わらず小さいけど」

ベッドに寝かせたペロルの身長は、少しだけ伸びているように感じられた。

身体《からだ》の各所も大きくなっているため、俺が日本に戻ってしばらくしてから、魔石に閉じ込められたと思われる。

艶のある黒髪を撫《な》でながら、俺は彼女の顔を見つめる。

愛らしい造作の少女で、間違いなく美少女と言っても過言ではない。

そんな彼女に想《おも》いを寄せられていたんだから、俺だって悪い気はしていなかった。

ただ、それ以上に家族への想いが強かっただけだ。

「悪かったな。残して帰っちゃってさ」

泣きながら俺を見送っていた彼女の顔を思い出し、罪悪感が湧いてくる。

同時に、彼女と一緒に残してきたアクアヴィータ姫のことも思い出した。

ペロルがここにいるということは、彼女もダンジョンのどこかにいるのではないか？

「もしそうなら、是が非でも見つけてやらないと」

しかしそれはそれとして、彼女がなぜ魔石に閉じ込められていたのかという問題もある。

ここにきて、ダンジョンに対して謎が増え続けてきている。

正直、そろそろ俺の手に負えない事態になっていた。

俺がペロルを撫でる手を止めて腕を組み、首を傾《かし》げていると玄関でベルが鳴った。

いつの間にか一時間近い時間が経過していたらしい。

それくらい、ペロルの髪は触り心地がいい。子供特有の細く柔らかい髪と、狐人《こじん》族特有の毛量の多さがふわふわとした手触りを返してくる。

時折ピクピク動く耳の感触もあなどれない。

「はーい」

立ち上がって玄関に向かう。覗き穴から外を見ると、美弥と環奈ちゃんが立っていた。

玄関を開けると、環奈ちゃんが満面の笑みを浮かべてお辞儀した。

「こんにちは。なんだか用事があるとか聞いてきました！」

「うん。来てくれて助かったよ、ありがとう」

そう言って彼女たちを部屋に招き入れ、ベッドの前に案内する。

俺は彼女たちをねぎらうため、冷蔵庫からお茶のペットボトルを取り出していた。

すると、美弥が素っ頓狂な悲鳴を上げた。

「えっ、子供？　お兄ちゃんがついに性犯罪を！」

「失礼なことを言うな⁉」

ペロルは今ベッドの上で寝ていて、毛布を掛けているので尻尾は見えていない。

しかし耳は見えているはずなので、人間でないことはわかるはずだ。

「でも、幼女――」

「彼女は異世界の知り合いだ。なぜかダンジョンにいてね」

「そうだったんですね。少しだけ安心しました」

「……少し？」

「あ、いえ！　その……」

環奈ちゃんまで、あらぬ疑いをかけていたのか、弁解を口籠もっていた。

だがまぁ、今はそれどころではない。女の子との会話は楽しいのだが、ペロルの方が心配だ。

「実は――」

俺はペロルと再会した時の話を彼女たちに聞かせて、ここにいる事情について納得してもらう。

「異世界の仲間……そんなことがあるんだ？」

「いや、俺だって不思議だよ。でも俺を呼ぶ声が聞こえた気がしたんだ」

「ひょっとして、この子は異世界での刀護さんの恋人だったんです？」

「いやいやいや！　迫られてはいたけど、さすがに年齢差があり過ぎるよ」

「迫られてはいたんだ……」

俺の返答を聞いて、環奈ちゃんはジトッとした視線を向けてくる。

これはいけない。せっかく好感度が高かったのに、ダダ下がりだ。

かと言って嘘《うそ》を教えるわけにはいかない。というかペロルが目を覚ませばバレてしまう話だ。

変に隠す方が、デメリットが大きい。

「ペロルは見ての通り狐人族だからな。強い人間の遺伝子を求める本能があるんだ」

「こじんぞく？」

「ほら、これ。キツネ耳。尻尾もあるぞ」

ペロッと毛布をめくると、美弥に頭を引《ひ》っ叩《ぱた》かれた。

「この子裸じゃない！　なんてことするのよ」

「悪い、忘れてたんだ」

全裸で寝ているので、毛布をめくればいろいろと丸見えだったのを忘れていた。

これは俺が全面的に悪いので、素直に謝罪しておく。

「ホントだ。でもキツネなのに黒い尻尾《しっぽ》なんですね？」

「ペロルは黒狐種で、特に魔法に適性のある種族なんだ」

「毛色によって変わるんです？」

「白狐《びゃっこ》だとわずかに身体能力が高いとか、その程度の差だけどな。種族的には魔法のエリート種族だぞ」

もっとも、魔王軍の勢力下に取り残されていた村出身のペロルは、学ぶ環境がなかったため、才能を持て余していたのだが。

魔法に造詣の深いアクアヴィータ姫が俺と同行していて、学ぶ機会を得られたのは運が良かった。

「まぁ、見ての通りペロルは女の子なので、俺だけが世話するといろいろと障りが出るかもしれなくってね。そこで美弥たちに手伝ってもらいたいんだ」

「そりゃそうよね。独身男性が自分の部屋に小さな子を連れ込んで、裸にして身体を拭いたりしてたら、即逮捕よ」

「そこだよ。服の調達なんかも頼みたいんだ。俺だとそういうのよくわからないし」

「お兄ちゃん、武器にバール使ってる段階で実用一辺倒だものね」

「さすがバールおじさんです」

「おじさんはやめてくれ！」

自業自得とはいえ、俺は頭を抱えて反論する。

とはいえ、彼女たちの協力は必須なので、それ以上は言わないでおいた。

「とにかく！　ペロルをこの部屋に置いておくのはいろいろと問題かもしれないから、できれば美弥たちに預かってほしいんだけど？」

物は試しのつもりで聞いてみたが、帰ってきたのはやはり拒否の言葉だった。

「無理よ。誰も来ない部屋ならともかく、学校の寮だし」

「寮監が夜中に就寝確認に回ってきたりするよね」

「そういうのがあるのか」

「女子だけの寮だからね。意外と厳しいの。前に彼氏を連れ込んだ人がいたらしくって」

「そりゃ問題だ……お前じゃないよな？」

「違うわよ」

美弥も十五歳。そろそろ彼氏ができたりする年頃である。

「言っとくが、美弥と付き合いたければ俺を倒してからにしてもらうからな」

「お兄ちゃん、異世界で勇者だったんでしょ。勝てるわけないじゃない」

「俺個人はそんなに強くはなかったんだぞ」

俺の力はゴーレムを使った集団戦術と、ゴーレムを身に纏《まと》った強化外骨格戦法のおかげだ。他にもいろいろと小技は持っているが、使いやすいのはこの二つだった。

俺個人の戦力的にはせいぜい各国のトップレベルというところで、世代最強を謳《うた》った歴代勇者よりは格段に劣る。

それを考えると、異世界の人間の異常な強さが浮き彫りになってくる。

「まぁそれはそれとして、そうなるとペロルは俺の部屋に置いておくしかないか」

「そうなるわね。手を出したらダメよ？」

「出さねぇよ！」

今更出すくらいなら、とっくの昔に食われてる。

それに俺としてもペロルは目の届くところに置いておきたいという思いもあった。

「わかった。じゃあペロルは俺の部屋に置いておく。生活用品だけ頼めるか？」

「うん。っていうか、そういうことなら先に言ってくれれば用意してきたのに」

「いやぁ、言っても信じてもらえなさそうだったからさ」

異世界の仲間がダンジョンから出てきて俺の部屋で眠ってるとか、今度こそ正気を疑われかねない。

ペロルは明らかに人間と違う外見をしているので、実際に見てもらった方が説得力があると思ったのだ。

美弥たちも実際に狐《きつね》耳の生えたペロルを見て納得したのだから、この判断は間違いではない。

「いいわ。じゃあとりあえずパジャマと下着を買ってくるわね」

「頼む。俺じゃ買いに行けないジャンルだからな」

「それと晩御飯も何か見繕ってきていい？」

「ああ。じゃあ、先に金渡しておくよ」

女性向けの下着や寝間着など、どれほどの価格なのか、俺には想像もつかない。

なので、一万円札を数枚渡しておく。これで大抵はどうにかなるはずだ。

美弥たちは受け取ってから、嬉々《きき》としてペロルの身体のサイズを測り始める。

「お兄ちゃん、メジャーとか持ってない？」

「メジャー？　日本に戻ってきたばかりの俺が持っているとでも？」

「普通はバールだって持ってないわよ」

呆《あき》れたように文句を付けつつ、美弥はペロルの身体をペタペタと触り出す。

どうやら感覚でサイズを測って、適当な下着を買ってくるつもりらしい。

「こんなもんかな？」

「ペロルちゃん、だっけ？　小柄な子だよね」

「お兄ちゃん、この子いくつ？」

「俺と別れた時は十二歳だったけど、それより育ってるみたいだぞ」

身長はそれほどでもないが、明らかに肉付きが良くなっている。半年か一年か、それくらいは経過していそうだ。

「ふうん……小柄な種族なのかな？」

「尻尾が問題だよね。ズボンはダメかな？」

「そうでもないよ。意外と高い位置から生えてるみたいだから」

なんだか自分の買い物よりも楽しそうに見える気がしないでもない。

もっとも、俺は彼女たちの買い物シーンを見たことはないのだが。

俺のそんな気持ちを知るはずもなく、美弥たちは談笑しながら部屋を出て行った。

それを見送ってから、俺はペロルの方に向き直る。

「こうなってくると、本当に早めに自分の家を手に入れた方がいいなぁ」

一応俺の部屋があるアパートは、女人禁制というわけではない。

しかし風紀上の問題から、女性を連れ込むのはあまりよく思われていない。

その上、ペロルのような幼女となると、問題はさらに大きくなる。

それにアクアヴィータ姫もダンジョン内にいる可能性があるのなら、どう考えてもこの部屋では手狭だ。

砕けた魔石をいくつか頂戴しておけば良かったと、今になって後悔した。

あれだけの数に砕けたのだから、十個程度チョロまかしてもバレなかったのに。

「いやいや、ただでさえ不法侵入して魔石稼ぎしているんだから、これ以上の不法行為はさすがに……」

後ろめたさに首を振る。そもそも魔石は落としたモンスターの波長によって価値が算定される。

あの巨大魔石がどんな査定をされるかわからないが、三島たちが持ち帰ったものと同じと特定されれば、俺が疑われることは間違いない。

そして再び、ここにペロルがいる不思議に頭を悩ませ始めた。

このまま悩んでいてもしかたないと思い直し、俺は床に身体《からだ》を横たえ、休息を取ることにしたのだった。


しばらくして、美弥たちが買い物を終えて帰ってきた。

寝間着としてパジャマとネグリジェ、複数の下着の上下、それと弁当類を人数分。

他にもデザート類が大量に。どう考えても必要とは思えないが、まぁこれくらいはお駄賃代わりと言える。

「おかえり。買い込んできたな」

「途中でサイズがわからなくなっちゃってさぁ。適当に『らしい』サイズを買ってきたの」

「だから一つで済まなくなっちゃって。無駄遣いしてごめんなさい」

「いや、いいよ。頼んだのは俺だし、俺が買ったらもっと無駄になっただろうし」

女性と付き合った経験がないわけではないが、それは全て異世界でのことだ。

しかも結局、ペロルやアクアヴィータ姫の監視が厳しく、実ることはなかった。

物価も違う異世界での話なので、女性の必需品の価格というのが俺にはわからない。

「こっちがブラシで、こっちは保湿クリームね。どこ置いたらいい？」

「そういうの、必要なんだ……」

「当然でしょ！」

そう言えば、異世界でもアクアヴィータ姫は、いつも綺麗《きれい》に髪を梳《と》かしていた。

彼女も旅の最中にそういった気配りをしていたのかと、感心してしまう。

俺はと言えば、水で洗ってその場で野晒《のざら》しだったからな。

「お弁当は三人分。彼女の分はいつ起きるかわからないから、レトルトにしたけどいい？」

「ああ、かまわないよ」

実際、美弥の言う通り、ペロルが目を覚ます気配はない。

嫌な予想が脳裏によぎるが、医者にかかれない以上、しかたない。

いや、彼女の健康を考えれば、多少の騒動は覚悟して医者に診てもらうべきか？

「う、うぅん……」

俺がそんなことを考えていると、ペロルが呻《うめ》き声を上げた。

どうやら、意識が戻りつつあるらしい。

「ペロル、大丈夫か？」

「うぅ……トーゴ、さま？」

俺の声に応えるように、ペロルはうっすらと目を開く。

まだ俺に目の焦点が合っていないのか、その視線はどこか茫洋《ぼうよう》として定まっていない。

「よかった、無事だったか」

「お兄ちゃん、これ、お水」

「ああ、すまない」

あの魔石の中にどれくらい閉じ込められていたのかわからないが、この部屋に運び込んでからも結構な時間が経過している。

窓の外はすでに薄暗くなっており、美弥たちの帰宅も心配せねばならない時間だ。

これだけの時間が経過していれば、喉が渇くだろうという美弥の気遣いである。

「ペロル、水だ。飲めるか？」

コップを口元に持っていってやると、震えるように首を動かし、口を付ける。

傾けて水を含ませると、少しずつ嚥下《えんげ》していった。

「う、トーゴ、様……？　トーゴ様!?」

ようやく自分を抱きかかえている者が誰か理解したのか、突然そう叫んで身じろぎする。

しかし身体が思うように動かないのか、飛び起きることはできなかったらしい。

「いいからおとなしくしとけ。それより、どうしてあんな場所にいたんだ？」

「あんな、場所……？」

「お前はダンジョン内の魔石に閉じ込められていたんだ。覚えていないのか？」

「魔石……そうだ、ヴィータ様は!?」

ヴィータ様というのは、俺たちがアクアヴィータ姫を呼ぶ時の愛称だ。

彼女の名前は長いので、戦闘中などに支障を来《きた》さないよう、愛称で呼ぶことが多かった。

「アクアヴィータ姫？　いや、魔石から出てきたのはお前一人だ」

「そんな……じゃあ、ヴィータ様は……」

「とにかく、事情を聞かせてくれないか？　お前がどうして日本のダンジョンにいたのかとか、俺にはさっぱりわからないんだ」

「日本？　わたしはアトラティカ王国の洞窟の中に――」

「洞窟？　まぁダンジョンは洞窟ではあるけど……」

俺はペロルをベッドに座らせると、彼女を美弥たちが左右から支えてくれた。

見知らぬ人間に触れられ、一瞬警戒したペロルだったが、俺が何も言わないことを見て警戒を解いた。

おそらく俺を信頼しているから、この場にいることを許されている彼女たちを信頼したのだろう。

「アクアヴィータ姫はどうなった？　王国は？」

「えっと……」

それからペロルは、途切れ途切れの言葉になりつつも、説明してくれた。

俺が日本に戻った後、異世界は新たな動乱の時代を迎えたらしい。

魔王も魔神も倒したというのに、なぜ世界が荒れたのかというと、皮肉にも俺が解放した魔王領が原因だった。

大陸の半分を支配していた魔王軍。その支配下にあった土地が、いきなり解放された。人の手がついていない、豊富な資源を持つ広大な土地。これを自分の物にしようと考えない国はない。

魔王領に隣接する国々は、こぞって魔王領に攻め込んでいった。

そして法の目の届かない魔王領で、複数の国が出会った場合、何が起きるかは想像に難くない。

この土地は自分の物だと主張する国同士の、容赦のない殺し合いが始まったのだ。

新たな戦争は瞬く間に、そして際限なく拡大していき、多くの人々が犠牲になった。

さらには魔王領に隣接していない国々まで、領土紛争に参加してきた。

領土紛争の最前線にいたアトラティカ王国は、全戦力を魔王領に向けている。

そのアトラティカ王国を始めとする侵攻している国に、他の国々が攻め込んだのだ。

新領地に目がくらみ、自国の防衛をおろそかにしたのだから、当然と言えば当然である。

こうして戦乱は大陸全てに広がってしまった。

人の欲を甘く見ていたというべきだろうか？

そしてアトラティカ王国は、最後の切り札を戦争に投入しようとしたらしい。

それは、俺が役立たずと言われていた頃に、どうにかして自分の価値を知らしめようと提案した新たな知識だった。

すでに物質が存在する場所に、新たな物質を転送する。

重複存在となった物質は核融合を起こし、とんでもないエネルギーを周囲に放出する。

ひょっとすると、異世界転生した者なら、誰もが考えるかもしれない危険な発想。

しかし自分の身を守る術《すべ》がないため、おそらくは誰も実行しなかった技術だ。

不意打ちを受け王都陥落の危機に陥ったアトラティカ王国は、それを使うことを決めたらしい。

アクアヴィータ姫はその情報を手に入れ、王国の崩壊を確信した。

誰も知らない洞窟の奥にペロルを連れていき、そこで平和な時代が来るまで眠っているようにと、彼女に凍結の魔法をかけたという話だった。


「それがどうして、魔石の中に入って日本にやってきたと？」

「それはわたしにもわかりません。でもトーゴ様にまた会えたのは神の思し召《おぼ》《め》しかと思います」

「どういうことだ？」

「わたしがここに来れたということは、召喚の魔法を逆算して使用すれば、戻ることも可能なはず。ならヴィータ様を助けることもできるはず！」

ペロルの言葉を聞いて、俺はその可能性に思い至った。

てっきりペロル同様にダンジョンに封じられている可能性ばかり考えていたが、何らかの方法により異世界転移が可能になっているという可能性もあった。

「ペロル、その術を調べられるか？」

「次元系魔法は専門じゃないので時間はかかりますが……無理じゃないと思います」

俺を無理やり召喚した異世界の人間に良い感情は抱いていないが、アクアヴィータ姫には恩義を感じている。それに好意も。

彼女が危険を察知してペロルを眠りにつかせたということは、彼女本人は危険な目に遭っている可能性もある。

ならば助けに行きたいと考えていた。

「お兄ちゃん、また異世界に行くの？」

そんな俺の感情に気付いたのか、美弥は不安そうな顔をしていた。

唯一生き残っていた肉親が戻ってきたと思ったら、また異世界に行くと言うのだから、その気持ちもわかる。

「アクアヴィータ姫は異世界で俺の保護者みたいな人だったんだ。それに恩人でもある。

彼女の転移魔法で、俺は日本に戻ってこれた」

「でも……」

「大丈夫、一度戻ってこれたんだから、また戻ってこれるさ。方法もわかってる」

「危険なんじゃないですか？」

「それも大丈夫。最悪、アクアヴィータ姫だけをを連れて日本に戻ってもいいわけだし？」

「それ、いいの？」

アクアヴィータ姫は目立つ銀髪の美女である。出会った時は美少女という雰囲気だったが、別れた時は本当に綺麗な女性に成長していた。

異世界では目立つ髪色を持つ者も多く、アクアヴィータ姫の銀髪も例外ではなかった。あそこまで綺麗な銀髪は、こちらの世界では見たことがない。

それ故に目立つ外見の人だけど、ペロルの尻尾《しっぽ》のように大きくはないので、なんとでも隠す方法はありそうだ。

「ま、ペロルよりは目立たないよな」

「トーゴ様、酷《ひど》い！」

「悪いって。でも日本じゃその耳と尻尾は本当に目立つから、しばらくは出歩くのはやめてくれ」

「この部屋から出るなってことですか？」

「隠す方法が見つかるまではね。どうにかごまかす手段を考えるから」

耳に関しては帽子をかぶせれば何とかなる。尻尾の方はアクセサリーとしてごまかせる衣装を用意すれば何とか？

それを買ってくるには、また美弥の世話になる必要があるんだけど。

「お兄ちゃんがそう言うなら、別にいいけど……」

何か言いたそうではあるが、美弥はそう言って同意を示してくれた。

そんな美弥の脇を環奈ちゃんは突《つつ》いている。何か言いたいことを言えと促すみたいに。

しかしそんな二人を置いて、先にペロルが発言した。

「そういえば、そちらのお二人は？」

「ああ。こっちは俺の妹の美弥で、こちらは美弥の友達の環奈ちゃん。どっちも俺が戦いの指南をしているんだ」

「トーゴ様が指南を⁉」

「おい、どういう意味だ？」

「トーゴ様の訓練と言えば、自分に厳しく他人にも厳しいという……あ、いえ、なんでも」

確かにペロルが言う通り、異世界での俺は歴代の勇者に追いつくために無茶《むちゃ》な訓練を積

そしてそんな俺に教えを乞う以上、俺と同等以上の厳しさを要求したため、ついてこれる者はほとんどいなかったのだ。

ペロルは魔法系だったため、スパルタな被害から逃れることができていたが、代わりにアクアヴィータ姫からのいろんな意味の『可愛《かわい》がり』を受けていた。

俺はコツンとペロルの頭を小突いてから、席を立つ。

「二人とも、そろそろ門限が心配だろ？　せめて駅まで送るよ」

「いいんですか！」

「わたしを置いていくんですか？」

喜色を浮かべた環奈ちゃんの声と、しょんぼりしたペロルの声が重なる。

こういう時、自分が二人いればと考えなくもない。

「駅までだからすぐ戻ってくるよ。ペロルにはいろいろ話を聞きたいこともあるし」

異世界の話だから、美弥たちに聞かせたくない話題も多い。

懐かしい話をしたくて、美弥たちを急《せ》かす形になってしまったことを反省する。

「それじゃ、行こうか」

「はい」

元気良く立ち上がった環奈ちゃんと対照的に、美弥は少し元気がない。

やはり、俺が異世界に行くということに反対したいのだろう。

そんな美弥を励ますように俺は頭を撫《な》でてやる。八年前を思い出したのか、美弥も少し落ち着いたような表情をしてみせた。


ペロルが俺の部屋に転がり込んでから、一週間が経過した。

いつもなら元気に駆け回るムードメーカー的存在のペロルだが、室内に閉じこもっていなければいけない上に、俺以外見知らぬ存在ばかりとあっては勝手が違うようだ。

借りてきた猫ならぬ、借りてきた狐《きつね》状態でおとなしくしている。

「ペロル、暇じゃないか？」

「全然大丈夫ですよ。やることも多いですし」

一緒にいる俺の方が暇を持て余して、そんなことを聞いてしまう始末。

どちらが年上か、わかったものではない状態だ。

俺は手に持っていた鉄球入りの袋を放り出し、ゴロリとベッドに横になる。

ちなみにペロルはちょこんとテーブルの前で行儀よく座り、俺のスマホで何やら検索していた。

「やることって言ってもなぁ」

「どうしてわたしがダンジョンにいたのかとか、調べることは多いです」

「そこは俺じゃ、専門外だし」

「それより、トーゴ様も魔力込めの作業があるじゃないですか」

異世界から日本に戻ってきて、俺のアイテムボックスは空っぽになっていた。

しかしペロルのアイテムボックスには、異世界のアイテムがそのまま残っていたのだ。

おかげで錬金術や触媒に関しては、かなり改善されている。

とはいえ、ゴーレムの触媒にするには魔力を込めなければいけないので、現状ではただの鉄球に過ぎなかった。

「それはもちろん、並行してやってるさ。それ以外にやることがなくてなぁ」

ダンジョンはいまだ、閉鎖されたままである。

三島たちはダンジョンに潜り、状況を調べている様子だったが、あれ以来スケルトンの群れも姿を見せていないらしい。

俺もペロルのことが心配なので、ダンジョンに潜るのは自重していた。

連日ごろごろするだけの状況に、俺の方が先に音を上げていた。

「それより、変なことがあるんです」

「変なこと？」

「はい。わたしの衣服の破片ですけど、召喚魔法や転移魔法の痕跡がないんです」

「痕跡がない？」

「はい。凍結魔法の痕跡だけしか」

異世界転移を行ったのなら、その原因となる魔法をかけられたはずだ。

その痕跡がないということは、ペロルは異世界転移していないということになる。

「日本から歩いて行ける場所ってわけでもあるまいし……いや、そういえばスケルトンたちはなぜお前を運んできたんだ？」

「おそらくわたしを包んでいた魔石が目当てだったのでは？　魔力源があれば階層を超えることもできそうですし」

「浅層に来るために魔力源として巨大魔石を運んでいたと……ありえなくはないな」

一般的に、ダンジョン深層に行けば行くほど敵が強くなるのは、ダンジョンの深みには巨大な魔力源が存在するからである。

強いモンスターほど強力な魔力を抱えているため、浅層では魔力は放出する一方となり、次第に衰弱してしまう。

それを防ぐために魔石を運んでいたというのは、考えられなくもない。

「それで言えば、ペロルは凍結魔法で眠りについていたんだろう？　どうして魔石に包まれていたんだ？」

「おそらく凍結魔法の魔力が変化して、氷から魔石に変化したんだと思います。凍結魔法の氷はもとをただせば魔力の塊ですから」

「なるほどなぁ」

魔石に覆われていた原因はわかったが、それはそれとして転移魔法が使われていないという点が気になった。

まさか、俺のいた異世界は日本だったというオチでもあるのか？

「うーん……」

「謎ですねぇ」

俺たちが二人並んで首を傾《かし》げていると、玄関から呼び鈴が鳴る音がした。

おそらく、美弥か環奈ちゃん……もしくは二人がまとめて遊びに来たのだろう。

ダンジョンが封鎖されてからは、頻繁に遊びに来ている二人である。

「はーい」

「遊びに来ちゃいましたー」

「違うでしょ。ペロルちゃんの様子を見に来たのよ」

「いらっしゃい、二人とも。ペロルも喜ぶよ」

「そんなことないですし！」

ツンと顔を背けるペロルだが、二人が嫌いなわけではない。絶賛人見知りが発動しているだけである。

平時は人懐っこいペロルだが、初対面の者にはしばらくこんな感じだ。だが嫌ってるわけではなく、その証拠に尻尾がブンブンと振られていた。

「ペロルちゃん、ブラシ買ってきたよ。ブラッシングしよ」

「私は猫耳帽子を買ってきたよ。きっと似合うよー」

「わたしは狐です！」

抗議するペロルを無視して、美弥は尻尾のブラッシングを始め、環奈ちゃんは狐耳を隠すための猫耳帽子をかぶせる。

耳の部分に狐耳がフィットして、きちんと猫の頭の形になるのがどこかおかしい。

「あっ、触っていいとは誰も言って……うひゃ！」

拒否しようとしたペロルだったが、美弥たちの方が先に動いて捕まっていた。

容赦なく膝の上に尻尾を乗せられ、毛を整えられる。

「それでね、それでね。こんなベルトも買ってきたの」

そう言って環奈ちゃんは、黒い毛皮のベルトも取り出してみせる。

「このベルトを尻尾《しっぽ》に繋《つな》がってる感じで巻いておいたら、ごまかせるんじゃないかな？」

「ふーん、わるくないじゃん」

「刀護さんもそう思いますよねぇ」

「うう、わたしの毛並みをその程度の毛皮と一緒にされるのは遺憾ではありますが……」

確かにブラッシングされたペロルの尻尾は艶が増し、とんでもなくフワフワとしている。

異世界では手入れがどうしても雑になってしまい、ペショッとした感じだったのに、変われば変わるものだ。

「うふふ。モッフモフよ」

「トーゴ様、この人目が怖いです！」

「あきらめろ」

八歳で家族を亡くし、孤児院で育った美弥はペットを飼える環境になかった。

そして宗像《むなかた》家に引き取られてからも、ペットを飼うことはできなかったらしい。

とどめは高校で寮に入ったため、動物と触れ合える環境はさらに遠ざかっている。

そのため、ペロルの尻尾にぞっこんとなっていた。

「ゴホン、それでさっきの話ですが……」

途中から乱入してきた美弥と環奈ちゃんは、ペロルとの会話についていけず、疑問符を浮かべた。

「さっきの話？」

俺はその疑問に答えてやる。

「ペロルが調べた結果、彼女は召喚魔法や転移魔法をかけられた痕跡がなかったんだ」

「召喚や転移魔法が？」

「じゃあ、どうやって日本に来たの？」

「それを話してたところなんだよ」

ペロルの言葉を聞いて、美弥たちも不思議そうな顔をする。

異世界と転移魔法を使わず行き来するというイメージが湧かなかったためだ。

「考えられることは、実際に私は異世界転移？　をしていないということです」

「どういうこと？」

「わたしにかけられていた魔法は凍結魔法。これは相手を氷漬けにして冬眠状態にし、長い時間封印するための魔法です」

「ふむ……って、まさか？」

「はい。次元を超えた可能性がないのなら、わたしは時間を超えた可能性が高い。つまり、トーゴ様が異世界と思っていたあの世界は、過去の世界という可能性があるんです」

「過去の……世界だって……」

魔王がいて、魔神がいて、モンスターが徘徊《はいかい》し、ドラゴンまでいた。

未知の金属も多数存在し、現代とは似ても似つかない技術が存在する。そんな世界が、過去の世界？

「トーゴ様の『すまほ』で調べた結果、王国と似た名前の大陸を発見しました」

「アトラティカ王国？　あっ、まさかアトランティス大陸か？」

「はい。もしわたしたちのいた王国、ひいては大陸そのものがその名前で伝わっていたのなら……」

「凍結魔法で冬眠状態にあったペロルは、時間を超えて今目覚めたという可能性がある？」

「問題は位置的なズレなんですけど……これはダンジョンという存在が空間を捻《ね》じ曲げる存在だと考えれば、充分あり得ると思います」

「ダンジョン内の空間が歪《ゆが》んで、このダンジョンとペロルが眠っていた洞窟が繋がっていた、と？」

「可能性はあるはずです」

確かにダンジョンという存在は、空間を捻じ曲げているとしか考えられない場所だ。

そもそも都市部の地下に、これだけ巨大な空間が出現して、インフラが正常に機能していること自体がおかしい。

そこを通っていた水道管や電線、ガス管など、確実に寸断されていたはずだ。

しかしそういったトラブルは発生しなかったと、高橋から聞いていた。

つまり、ここに通っていたライフラインは、ダンジョンの出現によって空間を捻じ曲げられ、迂回《うかい》して通っている可能性もあった。

空間に干渉しているダンジョンならば、ペロルのいた洞窟とどこかで繋がっていても不思議ではない。

「それにしても、ペロルが冬眠状態で今目覚めたと仮定しても、俺に会うことができるなんて、どれだけ天文学的な確率なんだよ」

「それに関しても仮説はあります」

そう言うとペロルは人差し指をピッと立てる。

なかなか大人びた仕草だが、いつの間にか美弥の膝の上に乗せられているのが、どうにも締まらない。

「そもそも、召喚でトーゴ様が選ばれたということ自体、天文学的な確率です。その結果、トーゴ様の周辺で、そういった現象を引き付けやすい体質になっているとか、周囲の環境がそうなっているとか、そういう因果が結ばれているなんて可能性はありますね」

「なんてこった……」

「まず、トーゴ様の召喚自体、魔王の魔神召喚の儀式に便乗する形で行ったものですし」

「俺って魔神召喚の代わりで呼ばれたのか」

「結果的に、魔神より強かったじゃないですか」

実際戦って勝ったわけだから、ぐうの音も出ない。

「そうなると、時間を遡る必要があるんだが？」

「そこは問題ないです。要は召喚の逆をやればいいわけですので」

「逆っていうと？」

「送還ですね。ただ、わたしは得意ジャンルじゃないので、魔力を大量に消費しちゃいますけど」

「使えるか？」

「魔石を大量に用意してくれれば」

「魔石か……」

こうなってくると、あの魔石を回収してこなかったのが本当に痛い。

というか、アクアヴィータ姫はよくあれだけの魔力を絞り出せたものだ。

「あの魔石って、アクアヴィータ姫が使った魔法が魔石化したやつなんだよな？」

「多分、そうです」

「よくあれだけの魔力があったな」

「そりゃあ……トーゴ様が残していった触媒がありましたから」

触媒と言われ、俺は気付いた。

ペロルのアイテムボックスにあった魔石は魔力が残っていなかった。

つまりそこに込めた魔力は、別の『どこか』に移動したということである。

そしてその先は、アクアヴィータ姫だったわけだ。

「そうか、俺のアイテム、どこに行ったのかと思ってたけど、異世界――アトラティカ王国に残されていたんだ」

「はい。込められていた魔力は別のアイテムに移してヴィータ様が管理していました。代わりにアイテム自体はわたしが預かっていました」

「俺が残したものが役に立ったのは、嬉《うれ》しいよ」

やみくもに開発した魔法理論で大陸そのものを滅ぼしたらしいので、ペロルだけでも助けることができたのなら、それ以上嬉しいことはない。

「じゃあ、あとはアクアヴィータ姫だけでも救い出さないとな」

「はい！」

俺の言葉に、ペロルは元気良く返事をしたのだった。


ペロルが俺の部屋に転がり込んで、さらに時が過ぎた。

ダンジョンはいまだ解放されていないので、俺の収入はゼロのままだ。

問題はペロルを養うことで、増えた出費がそろそろきつくなってきた点である。

帽子と毛皮のベルトのおかげで、ペロルは多少外出できるようになっていた。

しかし現代日本の文明に慣れていない彼女は、何かにつけて大騒ぎしてしまうため、慣れさせるために情報を与える必要があった。

ペロルはなぜか日本語を解することができるため、スマホで情報収集させていたのだが、さすがに画面が小さいうえに通信料の問題も出てきた。

そこでテレビとパソコン、それにインターネットの環境を導入することにしたのだ。

まぁ、俺の部屋には娯楽が少なかったので、これに関しては大して問題ではない。

問題なのは、現代の状況を知ったことで、ペロルの好奇心が爆発してしまったことだ。

「トーゴ様、トーゴ様。そろそろ時間ですよ、行きましょう！」

「わかったから、そう急《せ》かすなって」

ペロルは子供っぽい感性故に、大きな物に憧れを持つ傾向があった。

そして種族的に、力強い存在に魅力を感じるようだ。

俺や俺のゴーレムに憧憬の目を向けるのは、そういった理由がある。

そして現在では、簡単に目にすることができる『巨大で力強い存在』があった。

「早くしないと、『特急列車』が行っちゃいますよ」

「まだ余裕があるって」

現代日本にやってきて、まず窓から見える車に驚愕《きょうがく》の声を上げたペロル。

その後バスやトラックに魅了され、それらをさらに超える大きな機械――つまり電車に一目で魅了されてしまっていた。

俺のスマホで電車の写真を撮りまくり、車掌や駅員に愛想よく手を振る彼女は、最近では駅員たちのアイドルと化しているらしい。

話によると、凍結時にはペロルは十三歳になっていたらしいが、狐人《こじん》族の特徴なのか、それよりもさらに幼く見える。

そんな彼女が幼児のように電車に目を輝かせているのだから、駅員たちも愛想がよくなるというモノだ。

「お前、その有様じゃ、飛行機を見たらどうなるんだろうな？」

「飛行機って、時折空を飛んでるあれですか？　あんな小さいのは眼中にありません」

「いや、間近で見てみろ。飛ぶぞ。物理的に」

「？」

俺はわけのわからないことを言ってペロルをはぐらかし、外出の準備を済ませた。

そのまま手を繋《つな》いで駅まで散歩する。

ダンジョン封鎖でやることがないため、この散歩は数少ない俺の運動となっている。

この習慣は美弥や環奈ちゃんにも伝わっているため、この時間に俺の部屋に押しかけてくることはないはずだ。

「こうして手を繋いで歩けるなんて、素晴らしいですね」

「日本は平和だからなぁ」

異世界、特に人里の外では、手を繋いで歩くなんてことは、到底できなかった。

どこからモンスターが襲い掛かってくるか、わからないからだ。

片手とはいえ、こうして手を塞いでしまうのは、非常に危険な行為だった。

だが日本では、少なくともダンジョンの外で襲撃を警戒する必要はない。

俺と手を繋いで歩くことで、ペロルは本当に楽しそうにこちらを見上げてくる。

その様子を見ていると、こちらも幸せな気分に浸ることができた。

「まぁ、ペロルも外見だけは可愛《かわい》い女の子だからな」

「外見『だけ』っていうのはなんですかぁ！」

繋いだ手をブンブン振りたくって抗議してくる。

その様子も、手を繋いでいるのが楽しくてしかたない子供のようで愛らしい。

すれ違う人々も、そんなペロルに温かい視線を向けていた。

駅の近くの踏切で道端に寄り、電車が来るのを待つ。ペロルのお好みは特別な塗装がされた特急列車なので、滅多《めった》に見ることができない。

そのために時間を詳細に調べているのは、彼女自身の勤勉さの表れと言えるだろう。

異世界人初の鉄道オタクである。

駅の端にいる駅員がペロルに気付き、愛想よく彼女に手を振ってくる。

ペロルもそれに応えて手を振り返していると、駅を通過する特急列車がやってきた。

「来ましたよ！　おっきぃ！　はやい！」

興奮してピョンピョン跳ねるペロル。踏切が上がるのを待っていた人も、そんな彼女に最初は驚いていたが、やがてほのぼのとした顔になっていた。

そんな彼女のポケットで小さく電子音が響いた。

彼女の情報収集のために預けておいた、俺のスマホである。

「あ、電話ですね。もしもし？」

俺が止める間もなく、ペロルが通話を始めた。

ペロルが来て初めて電話がかかってきたので、勢い込んで通話をタップしていた。

「お、おい⁉」

「はい？　はい？　え、トーゴ様ですか？　少し待ってください」

「ちょ、お前な⁉」

俺に向けてスマホを差し出してくるペロルに、俺は頭を抱えたくなった。

電話の対応から、美弥や環奈ちゃんでないことは把握できた。

となると、俺に電話をかけてくる人物など一人しか思い当たらない。

「もしもし、夏目《なつめ》さんですか？」

「ああ、高橋さん……」

「ダンジョンのことで少し話があったのですが……今のは？」

「あー、そのー」

真実を告げるわけにもいかず、俺は少し口籠《くちご》もる。

高橋は美弥と面識があるので、妹と言い訳するわけにもいかない。

「えっと、美弥の友達なんです」

「ああ、妹さんの？　なぜその方が夏目さんの携帯に出るんです？」

「あーいや、ちょうど彼女にスマホを渡していたタイミングだったもので」

画像を見せるとか、動画を見せるなど、スマホを他人に手渡すことは少なくない。

もちろん、信頼できる人間にしかできない行為だが、妹の友人という設定なら、怪しまれないはず。

「ふぅん……変な交友関係じゃないんですよね？」

「やめてくださいよ、俺は至って健全です！」

高橋の口調から、いかがわしい交友関係を疑われていると察し、俺は慌てて否定の言葉を告げる。

ペロルは何のことだかわかっていないようで、キョトンとしていた。

「それより、いったい何の用なんです？　連絡してくるなんて珍しい」

「ああ、いえ。実はスケルトンの群れを討伐しましてね」

高橋の言葉に、俺はしばらく前のスケルトンとの戦闘を思い出す。

あれからも三島たちはダンジョンに潜っていたようなのだが、あれ以降の動向は俺もわからない。

「何かありましたか？」

「数日前に討伐したのですが、それ以降、異常なモンスターの発生が確認できなかったので、改めてダンジョンを解放することになりました」

「原因はまだ判明していないんでしょう？」

「確かにそうなんですが……」

そこで高橋はわずかに言葉を切った。

その沈黙が、有り有りと『気が進まない』という心情を表している。

「こんなことを私が言うのもなんですが……原因は不明のままですけど、これ以上の封鎖は問題が起きかねないという判断が下されまして」

「判断……上司から、ですか？」

「ええ、まぁ」

あからさまに不本意という口調だが、上司の命令とあっては逆らえないらしい。

「上司からもそうですけど、探索者の方々からも不満が出ておりましてね」

「あー、生活かかってますからね」

「ええ。あと研究機関からも魔石の調達を要求されてまして」

「なんとも四方八方から圧をかけられてますね」

「……仕事ですので」

苦渋に満ちた口調に、彼の疲労が窺《うかが》えた。

とはいえ、俺としてもダンジョン解放はありがたい。

俺も魔石を大量に必要としているため、ダンジョンに潜るのは必須になっていたからだ。

「解放はいつからですか？」

「予定では三日後から解放となります。ですが、くれぐれもご注意を」

「わかりました、ありがとうございます」

俺はそう言って、通話を切った。スマホを再びペロルに渡しておく。

彼女は日本の情報を集めるために、こういった情報端末は必須だ。

「ペロル用のスマホも買わないといけないかな」

「わたしのも買ってもらえるんですか？」

「日本で過ごすなら必要になるだろ」

今更ペロルをアトラティカ王国に戻そうとは思わない。

ましてや彼女の言葉によれば、大陸ごと滅ぶ運命にあるらしい。ならば戻すという選択肢はない。

そしてできるならばアクアヴィータ姫も日本に避難させたかった。

「うーん……どのみち、今の部屋はもうそろそろ限界だなぁ」

「そうなんです？」

ワンルームの部屋にペロルと俺の二人しかいない状況。

カーテンなどで空間を区切りなんとかプライバシーを確保できているが、不便であることに変わりはない。

実際、美弥も俺とペロルが一緒に暮らしているのを気にしているらしく、時折胡乱《うろん》な視線を向けられていた。

やはり男女が同じ部屋にいるというのは、印象が悪いらしい。

俺としては、ただでさえ持ち直しかけている兄の尊厳を、ここで再び失いたくはない。

「今は俺とお前だけだけど、この後アクアヴィータ姫も助け出さないといけないかもしれないからな。さすがに手狭だよ」

過去に戻って、せめて彼女だけでも救い出したい。

否、できるならば大陸崩壊の原因を排除したい。それが俺の発案を基にした魔法によるものだとしたら、なおさらだ。

しかしそれをやってしまうと、この世界にどんな影響があるかわからなかった。

大陸が崩壊しないということは、アトランティス大陸が今も残るという結果に繋がる。

世界地図ごと変化するような改変は、正直俺の手に負えない可能性が高かった。

もしその結果、俺が生まれない世界になったり、美弥と再会できない世界になったりしたら、正気でいられないかもしれなかった。

「彼女だけでも……せめて、な」

「そうですね。わたしもヴィータ様を助けたいです」

俺の言葉に力強く同意するペロル。

そうしてお互い拳を突き合わせ、決意を新たにしたのだった。

第六章　迷宮の底

ダンジョンが解放されてから、俺は美弥《みや》と環奈《かんな》ちゃんを連れて、魔石集めを再開した。

今回からは大量の魔石が目的となるため、今まで以上のペースアップを目指している。

美弥たちは必死に俺のペースについてこようとしているが、やはり無理があるようだ。

「休憩、するかい？」

「いえ、まだ大丈夫です」

そう答える環奈ちゃんの息は荒い。俺はこれ以上の強行軍は無理と判断し、無理やり休息を取らせることにした。

「ほら、こっちに座って。それにペロルも出してやらないといけないから」

俺は巨大なリュックを下ろして、口を開けてやる。

すると中からペロルがひょっこり顔を出した。

「ぷはっ、やっぱり少し狭いですね」

「悪いな。そんなところに閉じ込めて」

少し、で済むんだ？　とは思ったが、口にはしないでおく。

ペロルは探索者の資格を持っていない。それに取得できる年齢にも見えない。

なのでこうして、こっそりダンジョンに運び込むしかなかった。

ダンジョン内部においても、誰かとすれ違う危険を考えて、リュックに入ってもらっている。

可哀想《かわいそう》だと思うが、しかたない。彼女を誰かに見られると、トラブルが起きる未来しか見えない。

「術を行使するのはわたしですから、しかたないです」

複雑な術を行使しないと送還魔法は使用できないため、ペロルの存在は必須になるし、他の魔法が必要になる状況も考えられた。

今後もダンジョンに入る時には、ペロルの同行は避けられないだろう。

もちろん必要とされる魔石は、一日やそこらで集まる量ではないので、彼女の出番がすぐにあるというわけでもない。

それでも、彼女の魔法能力はいざという時に役に立つはずだ。

最悪、リュックから顔を出して魔法を使ってもらうことだってできる。

「無理はしてないか？」

とはいえ、リュックに詰め込まれて戦闘行動なんてされたら、内部の揺れなど、とんでもないことになっているはずだ。

しかしペロルはそんな苦労は一切顔に出さず、花が咲くような笑顔を向けてくれた。

「全然。むしろトーゴ様と引っ付いていられるので、幸せですよ」

「……本当に無理してないか？」

「首に抱き着いていても良いですか？」

「やめろ、動きにくくなるから」

俺にしなだれかかろうとするペロルを、美弥が首根っこを摑《つか》んで引き戻す。

真剣な目でペロルを向き直させ、説教を始める。

「ダメよ、ペロルちゃん。お兄ちゃんは人間として全然お薦めできないの」

「何気にひでぇ!?」

「だってお兄ちゃん、借金持ちだし、おうちも探索者用のアパート暮らしだし？」

「ふぐっ、事実だけに言い訳できない……」

ホームレス寸前だったところを、厚生労働省の役人の高橋《たかはし》に救ってもらった身である。

悔しいところだが反論はできない。

しかし反論の声は、俺の背中から飛び出していた。

「その言葉には異論を申し上げます！　わたしのアイテムボックス内にあるアイテムや装備類は、トーゴ様が残していった品。つまりトーゴ様の資産です！」

「それって、どれくらいあるの？」

「さぁ？　少なくとも小さな国なら三つか四つは買えるんじゃないですか？　アトラティカ王国の全資産と同じくらい？」

「ちょ、まさかの国家予算級⁉」

俺は魔神討伐の直後に戻ってきたので実感はなかったが、言われてみれば、神話級のマジックアイテムを大量に抱え込んでいた。

これは開発というものを一切しない魔王軍の領土内をさまよった時に手に入れた品々だ。連中、近隣にダンジョンがあっても調べようともしないから、古代の武具や神話級の品々を集め放題だったのだ。

おかげで俺のアイテムボックスは古代の品々で埋まっていた。

もっとも、それを換金できる人里は周辺になく、あったとしても食料を多少売ってくれる辺境の村程度。

大金を持ち歩いているも同様だったという実感は欠片《かけら》もなかった。

「俺って金持ちだったんだなぁ」

「なに言ってるんです。アトラティカでは使えなかったとはいえ、古王国時代の魔貨も大量に持っていたじゃないですか」

「魔貨？」

「魔石を貨幣に加工したものですよ。古王国期は魔法が全ての時代で、魔石を加工した魔貨は金銭価値もあり、魔石としても貨幣としても利用できたんです」

「へぇ、知らなかった」

「まぁ、トーゴ様は王国の歴史を学ぶ機会なんてほとんどなかったですからね」

まったく期待されていなかった俺は、基本的な訓練を積んだ後『さっさと死んで来い』と言わんばかりに城から放り出された身である。

あとでアクアヴィータ姫が合流してくれるまでは、そこらの兵士と変わらぬ扱いを受けていた。

おかげでゴーレム作成能力の真価を知る機会が、さらに遅れたとも言える。

「そんなに稼いでたのか……」

「はい、このマギスマテリア製の短剣一つでちょっとした砦《とりで》が買えますよ」

ペロルが短剣を一つ取り出して自慢げな笑みを浮かべている。

しかし……

「それ、こっちの世界で値段が付くのか？」

「え？」

「だってマギスマテリアなんて金属、こっちにはないし」

「そ、そういえば聞いたことが……」

マギスマテリアとは、鉄に魔力が染み込んで、特殊な性質を併せ持ってしまった金属のことである。

通常は普通の鉄と変わらないのだが、魔力を込めればその魔力の量に比例して硬度を上げる性質があった。

魔力極振りとまではいかないが、それに限りなく近い俺のステータスでは非常に重宝した金属だ。

「美弥さんや、環奈さんは聞いたことないで……す？」

「ないです」

「初耳～」

「そんなぁ。じゃあ、こっちのマナタイトやアダマンタイト、オリハルコンなんかは？」

「ゲームの中でなら」

ペロルは複数の武装をアイテムボックスから取り出しながら、二人に確認している。

俺も、有名どころのＲＰＧならそこそこ強い装備の素材として、聞いた記憶ならある。

それは美弥や環奈ちゃんも同じだったらしく、興味深そうな視線をペロルが出した武器に向けていた。

「それが、アダマンタイトってやつ？」

「はい、アダマス、つまりダイヤモンドと同等の硬さがあるとされる鉱石です。この剣は世界でも有数の頑丈さがあって、ちょっとやそっとでは刃毀《はこぼ》れ一つしないんです」

「さっきの短剣と比べてだと？」

「トーゴ様の魔力があれば、やや劣りますね。でも普通の人では足元にも及びません」

フンスと鼻息荒く、自慢している。しかもその自慢が俺の魔力量自慢なのだから、どうにも居心地が悪い。

俺は照れ隠しにペロルの頭を押さえ込む勢いでグリグリと撫《な》でまわし、黙らせる。

「そろそろいいだろ。今日は二層までの様子を見ながら先を進むぞ」

「はぁい」

「りょーかいです！」

元気良く返事をする美弥と環奈ちゃん。

その声を背に受けながら、俺はペロルをリュックに押し込む。

「どう見ても犯罪の現場よね？」

「幼女拉致ってこうやるのかな？」

「そこ、人聞きの悪いこと言わない！」

まぁ、事実として十歳を少し過ぎた歳にしか見えないペロルをリュックに押し込もうとしてる場面など、他者に見られたら確実にアウトだ。

これは彼女が狐人《こじん》族であることを除いたとしても、違いはない。

リュックの口を締めて中にペロルを収めると、ペロルが首だけ出してきた。

「周囲に人もいませんし、このままでもいいですか？」

「まぁ、人に見られないならいいけど……なんでだ？」

「わたしも皆さんの戦い振りを見ておきたいので」

後方から攻撃する魔法使いの彼女からしたら、仲間たちの動きというのは気になるところだろう。

それに、いざという時のためにどう動くかを知っておくのは、悪いことではない。

「確かに美弥たちの動きを知っておくのは悪くないな。そろそろ人目もなくなってきたし、別にいいんじゃないか？」

俺たちは低レベルの寄せ集めである。少なくとも周囲にはそう認識されている。

一部では『バールおじさんが女子高生に鼻の下を伸ばしてる』と揶揄《やゆ》されていることは知っているが、その程度のやっかみなど物の数ではない。

ともあれ、そんな俺たちが下層を目指していると知られれば、さすがに管理局の人から心配されて干渉されるかもしれない。

そこで、人目がなくなる時間帯を狙ってダンジョンに潜っているのだが、狙い通り周囲に人目はなかった。

一層を根城にしている冒険者はもっと入り口に近い場所で狩っているし、先に進む連中はすでに一層にはいない。

そんな微妙な場所に、俺たちはいた。

「美弥、魔石の補充は？」

「お兄ちゃん、怪我《けが》しないじゃない。私ここまで何もしてないよ？」

「じゃあ、補充しなくていいか。環奈ちゃん、矢のストックは大丈夫？」

「大丈夫です！」

元気に返事をする彼女に大きく頷《うなず》いて、俺は先に進むことにした。

「フムフム、トーゴ様が前衛で敵を引き付け、弓で仕留めると。回復役もいてバランスは良いですね」

「そういう風に教育したからなぁ」

「でもわたしが入ると、少し後衛に偏っちゃいますね」

「そもそも、ペロルがいることを想定していなかったからなぁ」

「じゃあ、わたしも前衛に入りましょうか？」

「お前、前に立てたっけ？」

俺はペロルの提案に首を傾《かし》げた。少なくとも彼女は、異世界——過去の世界ではそれほどの身体能力は持っていなかった。

「わたしも修行しましたから。ヴィータ様は耐久力不足でしたし」

「彼女はスピード型だからな」

「その、お姫様が格闘系というのが、なんとも違和感」

「ゲームではよく聞きますけど」

「そうは言っても、マジなんだよなぁ」

アクアヴィータ姫は確かにスピードは高かったが、打たれ強さにやや難があった。

そういう意味では攻撃役として優秀だったのかもしれないが、持久戦などの局面には、あまり向いていない。

その点では、魔法で耐久力を上げられるペロルが前に出るというのは、間違いではない……のかもしれない。

「トーゴ様がいなくなってから、ヴィータ様を守るのはわたしだけになってしまいましたから」

「そう……か……」

魔王と魔神を倒した英雄の仲間。英雄姫。そんな彼女が権謀術数に巻き込まれなかったはずがない。

縁を結び取り込もうとする貴族や、目障りと考え敵対して命を狙う者も出てきたことだろう。

そんな彼女を一人で守り抜いたのが、ペロルというわけだ。

そしてその原因を作ったのが、俺ということも……

「苦労を掛けたな」

「別にトーゴ様が残っていても、同じ状況だったと思いますよ」

「まぁ、そうだろうけどさ」

ペロルの言う通り、確かに俺が残っていても、彼女が謀略に巻き込まれていた状況に変わりはなかっただろう。

だけどペロルが一人で、身の危険を顧みずに身体《からだ》を張る状況にはならなかったはずだ。

それどころか、俺とアクアヴィータ姫が結婚して旧魔王領に隠遁《いんとん》して諸外国を牽制《けんせい》していれば、後の戦乱は起きなかったかもしれない。

そう思うと、前衛としての力を鍛えたペロルが不憫《ふびん》に思えてしまう。

「よく、頑張ってくれたな」

「トーゴ様にそう言ってもらえると、報われた思いですね」

俺の背後でペロルが微笑《ほほえ》んだ気配がした。前を向いているので、見ることはできないが。

だが同時に、指揮官としての性分で彼女がどの程度動けるのか、確認したくなってしまった。

「……ペロル」

「なんでしょう？」

「ここから二層に降りるんだが、お前の力を見せてもらえるか？」

「はい、ぜひ成長したわたしを見てください！」

そう言うと、ピョンと重さを感じさせない動きで、俺の背中から飛び出す。

クルリとこちらに向き直り、右手を差し出してくる。

その動きはまるで、どこかのアイドルのダンスのようにキレがある。

「トーゴ様、武器ください」

「武器ってお前、アイテムボックスに入ってるだろ」

「さすがにこの階層では威力過剰過ぎて使えませんよ。二層はコボルドとスライムなんでしょう？」

言われて俺は思い出す。かつて俺が持っていた武具の数々は、コボルド程度を相手にするには強力過ぎることを。

売れる範囲の安物の武具は売り払ってしまっていたため、手元に残っていたのはあの世界でも超一級品の物ばかり。魔王領という辺境では、買い取る相手が見つからないほどの逸品揃《ぞろ》いだった。

今回はペロルの力を見るのが目的のため、それらを使うのは威力が過剰過ぎる。身体能力を強化する魔剣もあるが、こういった品を使うとペロルの力がわからなくなってしまう。

「あー、そっか。ちょっと待て」

ウェストポーチから鉄球を一つ取り出し、ゴーレム作成の技で剣を一つ作り出す。

彼女の身長からすれば少し大きめの日本刀を作り出した。

なぜ日本刀と思われるかもしれないが、狐《きつね》耳の少女とくれば日本刀が似合うという俺の趣味である。

ペロルはその日本刀……というか太刀《たち》を一振りして、バランスを確かめる。

「さすがトーゴ様。即席なのに良いバランスの武器です」

「剣は散々振り回してきたからな。だいたいの癖はわかるさ」

異世界では剣をメインに使っていた。さして剣が得意というわけではなかったが、それでも一番使いやすかった武器なのは事実だ。

おかげで剣の構造に関しても結構知識を得たという自覚はある。

そんなことを考えながら、俺たちは二層へと降りていったのだった。


二層も一層と同じく、明らかに人の手が入っていると感じられる洞窟だった。

不自然に平らな床に平坦《へいたん》に進む通路。

「さて、獲物は……っと」

俺の言葉に反応したのかわからないが、スライムが数匹、這《は》い寄ってきたのを感じ取る。

それはペロルも同じだったらしい。

「あ、来ましたね」

「じゃあ、とりあえず任せたぞ。美弥と環奈ちゃんはいつも通りに。俺の代わりをペロルがやると思ってくれたらいい」

「だ、大丈夫なの？　ペロルちゃん、あんなに小さいのに」

「お前、ペロルのことになると、とんでもなく過保護になるな……大丈夫だよ、あいつもそれなりの修羅場はくぐってきてる」

まぁ美弥はペロルを妹のように思っている節があるので、その気持ちはわからないでもない。

俺もかつてはそう思っていた。素直で人懐っこいペロルは、他者から好感を持たれやすい性格をしている。

「まずは魔法はなしで」

「りょーかいです！」

スライムの方向へ一瞬で駆け寄っていくペロル。その速度たるや、まさに矢のような速さだ。

そして何度も容赦なくスライムを斬り捨てていく。

ただ、スライムは物理攻撃に耐性を持つため、一撃では仕留められていない。

おそらく、ペロルの攻撃の精度が低いという問題点もあるのだろう。

だが何度も斬り付けることでやがて核に命中し、破壊していく。その斬撃速度がとにかかく速い。

まるで剣舞の連撃のように淀《よど》みない。本職の剣士もあそこまで速くはないだろう。

「すごいな。あの動きを一年で……」

俺が彼女と異世界で別れてから、凍結魔法で眠りにつくまで、およそ一年ほどだったらしい。

その間であれだけの修練を積んだのだから、頭が上がらない。

魔法のことといい、ペロルは本当に才能溢《あふ》れる子供だ。

そして才能に胡坐《あぐら》をかくわけではなく、常に努力を重ねているのだから、嫌いになれようはずもない。

「どうでした⁉」

「ああ、大したものだ。動きながら魔法も撃てるのか？」

「はい。わたしの本業は魔法ですから」

「もう、俺より前衛の才能があるんじゃないか？」

「そんなことありませんよぉ」

くねくねと身をよじって照れるペロル。さすがにその動きは気持ち悪い。

とてもわかりやすく慢心している彼女を軽く小突いてから、次の敵を探しに向かったのだった。

結果として、ペロルの戦闘力はさすがというべき結果だった。

剣と魔法を同時に使用する魔法剣士として動き、美弥や環奈ちゃんと組ませても、的確にサポートしてくれる。

本職の後衛としての動きはもちろん、遊撃としても文句の付けようがない活躍だ。

「二層でもやっていけそうだな」

「ってか、ペロルちゃんすご過ぎ。私の方が疲れちゃった」

「私も……」

ペロルの動きに合わせて矢を射る環奈ちゃんは、すでに疲労困憊《ひろうこんぱい》という有様だった。

そして美弥も、ペロルの動きを目で追うのに忙しく、気疲れしていた。

怪我《けが》をしたら癒やす役割だけに、常に気を配らねばならないのが、美弥の役割である。

俺はそんな二人を見て、苦笑する。

「少し休憩しようか？」

「わたしはまだまだイケますよ？」

「お前は大丈夫でも、二人はダメだ。まだ実戦慣れしていないんだぞ」

「そうでした」

素直に反省して、美弥たちに頭を下げる。

その頭を美弥が撫《な》でて、愉悦の表情をしていた。

確かにペロルの毛並みは素晴らしいが……ちょっとその愉悦顔は、お兄ちゃん引いてしまいそうだ。

ともあれ、美弥と環奈ちゃんが疲労しているのには理由がある。

彼女たちの武具は、ゴーレムの機能を切ってしまったからだ。

元々は彼女たちの戦闘を指南するのが目的なのに、いつまでもゴーレムの力に頼っていては成長しない。

そこでペロルも加入してからは、ゴーレムの機能を排除して普通の弓と杖《つえ》として使ってもらっていた。

「あ、ペロルちゃん。ここ溶けてる」

「えっ、ウソ？」

一瞬、溶けているのはお前の顔だと言いかけたが、理性を総動員して黙る。

余計な一言は、災いを呼ぶと経験で知っている。

「ホント。ほら、服に穴開いちゃってる」

「あ、ほんとだ。怪我してなかったから気付きませんでした」

美弥の言葉に、俺は怪我を気にしてペロルの様子を覗《のぞ》き込んだ。

すると美弥が俺の胸に結構強めの肘鉄を入れてくる。

「こらっ、女の子の胸元を覗き込もうとしない！」

「え、誤解だ！　怪我を心配しただけで」

「どうだか？」

ペロルの服の破れた個所《かしょ》は、どうやら胸元だったらしい。

そこを見ようとしたことで、あらぬ誤解をかけられてしまう。

「そもそも、大して膨らんでいないんだから、問題はないだろ」

「大有りよ！」

ベチンと背中を叩《たた》かれて後ろを向かされる。

俺も、混乱して明らかに地雷とわかるワードを口にしていた。

「トーゴ様……」

「刀護《とうご》さん、それはさすがに……」

「お兄ちゃん、さいってー」

「いや、さっきのは口が滑った。悪かったから」

「こっち向かない！」

思わず反論のために振り向こうとしたら、美弥に背中をバシバシ叩かれてしまった。

しかたなく反論を諦め、壁際に行って体育座りしておく。

いじけているように見えるが、これは苦情を言わせないための隙を見せぬ構えなのだ。

「まったくもう！　ほら、こっちに着替えあるからパパッと着替えちゃお」

「あ、はい。でも……」

「お兄ちゃんなら大丈夫よ。昔っから無駄に打たれ強い性格してるから」

言いたい放題言われている気がするが、ここは反論する場面ではない。

昔から、女性相手に口喧嘩《くちげんか》には勝てないと相場が決まっている。

たそがれた気分でうつむいていると、突然背後で悲鳴が上がった。

「きゃっ!?」

「な、なに？」

「これは——魔法の反応？」

「どうした！」

俺が反射的に振り向くと、三人の周囲に魔法陣が輝いていた。

しかもその魔力はかなりの迸《ほとばし》りを見せていた。これはすぐにでも発動しかねない兆候だ。

「こっちへ来い！　早く！」

俺は叫びながら即座に立ち上がり、美弥たちに駆け寄ろうとした。

しかしそれはあまりにも遅かった。

俺が立ち上がった時には、すでに三人の姿はそこにはなく、光も魔力も消え失《う》せ、暗いダンジョンの広場があるだけだった。

「くそっ！」

自らの失態に歯噛《はが》みして、苛立《いらだ》ちのまま地面を蹴りつける。

おそらく、ペロルだけなら離脱も可能だったはずだ。しかし彼女は、美弥たちを見捨てることができず、その場に留《とど》まってしまった。

おかげで三人まとめて転移されたわけだが……同じ場所に飛んだことを祈るばかりだ。

俺は即座にアイテムボックスから鉄球の入った袋を取り出し、それをぶちまける。

「【召喚】！」

俺の言葉に散らばった鉄球は身長三メートルほどのアイアンゴーレムへと変化していく。

整然と並ぶゴーレムたちに、俺は即座に命令を下した。

「右からＳ１からＳ１００と命名。ただちに美弥たちの捜索に当たれ。この階層にいない場合は下に降りて触媒に戻れ」

Ｓは兵士を意味する。複数同時制御となると、こういった個体名称を決めておかないと、指示が出しにくくなってしまうからだ。

命令を受けて、ゴーレムたちは無言で捜索を開始する。ゴーレム百体の視覚が脳内に流れ込み、軽く負担を覚えるが、今は無視する。

ゴーレムを複数使役できない理由が、この感覚共有による脳内負担の増加だ。

通常なら二、三体が限度と言われているゴーレム制御だが、俺は転移者の特典なのかほぼ制限なく複数を制御できる。これが俺の勇者としての力だった。

俺はさらにもう一つの触媒を取り出し、再びゴーレム化させる。

「お前はＣ１だ。俺を乗せて三層へ向かえ」

Ｃは指揮官を意味する。このゴーレムは少し大きめに作っておいた。

そしてミスリルという特殊な金属を使用した特別製。ペロルが持っていた素材で作ったとっておきだ。

特に形状に違いがあり、背中に足場と落下防止の柵が取り付けられていた。

俺はそこに乗り込み、三層に向かって爆走する。

「この階層にいてくれればいいんだが……」

それは望み薄であることは、自分でもよくわかっている。転移トラップでは大抵殺意の高い場所に転送されるはずだった。

しかし俺たちは罠《わな》に関しては、念入りに調べている。見落としたとは思えない。

となれば先ほどの転移は、何者かが美弥たちを標的にして仕掛けた攻撃だ。

それほどの実力者が、この階層にいるはずがない。

ならば下層にいるはず。そう判断して俺は三層に向かっていた。


四層に降りた俺は、再びゴーレムを百体召還する。

各自に迷宮内の探索を命じ、一体だけその場に残す。

「S２—１００、お前はここで上のゴーレムが降りてくるのを待て。上のゴーレムが降りてきたら触媒に戻すから、それを回収して後を追ってこい」

そう命じておき、俺は再び下層を目指す。

この先どれほどの階層を探索しなければいけないか、まだわからない。

いざという時に触媒が足りないということがないように、階層探索を終えたゴーレムの触媒を回収し、次の階層で探索に使う。

こうすることで触媒を使い回し、いくつもの階層を探索することができる。

「とはいえ、どこにいるのか、さっぱりわからないんだが……」

三人がどこにいるのかわからない。だからこそ触媒を節約しているのだが、それはそれで、じれったく感じてしまう。

待機に使っているのはたった一体のゴーレム。しかしそれが生死を分けるのではないかと、気が気でなくなってしまう。

それでもつい『後のこと』を考えてしまうのは、異世界での経験の影響だろう。

「待っててくれよ……ペロル、頼んだからな」

不幸中の幸いなのは、ペロルも一緒に消えたことだ。

彼女が一緒なら、きっと持ちこたえてくれる。

しかし、同じ場所に飛ばされたとは限らない。その可能性が脳裏によぎるたびに、俺の焦燥感が掻《か》き立てられるのだった。

◇◆◇—◇◆◇

足元の魔法陣が輝き出した時、ペロルは一瞬躊躇《ちゅうちょ》してしまった。

自分一人なら脱出できた。しかし周囲には未熟な二人が、動揺したまま立ち尽くしていた。

二人を魔法陣から押し出そうと考えた瞬間には、すでに手遅れだった。

周囲は閃光《せんこう》に包まれ、視界を失うのを恐れて片目だけをつぶる。

再び周囲が暗くなった時、彼女たちがいたのは見知らぬ広大な広間だった。

果てが見えないほど広い空間。微《かす》かに明るいのは、足元に光り苔《ごけ》のようなものが生えて、周囲を照らしているからだ。

そんな暗く、それでいて完全な闇ではない空間の中で、ぽっかりと闇が浮かんでいた。

「美弥さん、環奈さん、無事ですか!?」

「え、うん」

「だ、大丈夫」

帰ってきた返事に、ペロルはひとまず安堵《あんど》する。別々の場所に転移されるような罠ではなかったらしい。

しかし目の前に浮かぶ闇からは視線を外すわけにはいかなかった。

これまでの経験から感じ取れる圧迫感。明らかに上位のモンスターの気配だった。

「二人とも、わたしのそばを離れないでくださいね」

「なにか、いるの？」

「はい、います」

わずかに強張《こわば》ったペロルの声に、美弥たちも身を硬くした。

ペロルの視線を追い、中空に浮かぶ闇を凝視する。

「あれ、何？」

「おそらくは、死霊系モンスターです」

肉体を持たず、霊体のみで構成された身体《からだ》。物理攻撃が通じないため、初心者にとっては天敵とも言えるモンスターだ。

もちろんそれは、背後の二人にも通じることである。

「おやおや。魔石の回収をするつもりだったが、妙な獲物がかかったようだな」

目の前の闇から、地の底から響くような低い声が轟《とどろ》く。決して大きな声ではないのに、その声は広間全体に響いていた。

そして声と同時に、闇が人の形を取っていく。

現れた姿を見て、ペロルは悩ましげな声を上げた。

「最悪、死霊王《レイスロード》……」

「レイスロード？」

「ほう、我を知っておるか」

ペロルの声を受けて美弥は疑問を、男——レイスロードは感心した声を上げた。

美弥の疑問にのみ、ペロルは答えを返す。

「レイスロードはアンデッドの中でも最上位級に位置するモンスターです。物理攻撃が効かず、数多《あまた》の死者を従えるという――」

「その通り。我の力にかかれば、この通りよ」

レイスロードの声と同時に周囲にスケルトンの大群が湧き出す。

いや、よく見ると地面には白い球体が所狭しとばらまかれていた。

「カハハハ、我は二千のスケルトンを同時に操れる。さらにここには五千の触媒……凶魂《まがたま》がばらまかれておる。逃げ出せると思うなよ？」

「な、なにこれ」

骨の怪物に囲まれ、恐怖の声を上げる美弥。環奈に至っては、声一つ上げることができず、震えていた。

ペロルはその状況で一人踏ん張り、秘《ひそ》かに魔法の準備を行っていた。

「貴様たちに聞こう。魔石をどこへやった？」

「ま、魔石？」

「なんのことか……」

事情を知らない二人はへたり込んで震えるばかりだ。

むしろ反論の声を上げることができた分だけ、肝が据わっている。

スケルトンがそれほど脅威となる敵ではないとはいえ、これだけの数に囲まれて反論できるのだから、美弥の胆力も大したものだと、ペロルは思う。

「魔石なんてありませんよ」

「そんなはずはない。我はあの巨大魔石を召喚する転移魔法を使用したのだ。なのに飛んできたのは羽虫が三匹。我の落胆がわかるか？」

「知るか、そんなもん！」

いつもの丁寧な口調を投げ捨て、ペロルは吐き捨てると同時に準備していた魔法を発動させる。

美弥たちを含む自分の周囲に炎の壁を作り出す。

「美弥さん、攻撃魔法は使えますか⁉」

「ううん、この杖《つえ》にはファーストエイドとかティンダーとかの基礎魔法だけ」

「そう、ですか。なら怪我《けが》は任せます。わたしはなんとか、粘ってみせますから！」

決然と告げるペロルに、環奈は絶望の声を上げた。

「で、でも、あんなに敵がいるのに！　私の弓も、スケルトンには効果が……」

点の攻撃を仕掛ける弓矢では、隙間だらけのスケルトンに有効打を与えにくい。

そもそも内臓などの重要器官を持たない相手に、弓矢は極端に弱くなる。

攻撃手段を持たない美弥に、相性の悪い環奈。二千の敵を同時に操るレイスロード。

状況としては最悪極まりない。

「……それでも、粘ればトーゴ様が来てくれます。あの人は絶対……ピンチには駆け付けてくれるんです」

二人を叱咤《しった》しつつ、次の魔法の詠唱に入る。

同時に炎の壁にスケルトンが数匹、突進を仕掛けてきた。

しかしスケルトンは壁を突破することができず、弾《はじ》き飛ばされ、あるいは焼き尽くされて、割れた触媒へと戻る。

スケルトン自体は熱や炎に強いモンスターだが、その耐性を超える火力をペロルは発揮していた。

それでも炎の壁はやがて限界に達し、五匹を焼き尽くした段階で消え失《う》せる。

そこへ詠唱を終えたペロルの魔法が再び発動する。

「【紅焔壁】！」

再び周囲を守るように立ちはだかった炎の壁に、スケルトンの攻勢が一時止《や》む。

「頑張るではないか。だが一枚で五体しか対処できないようではな」

「うっさいですよ！」

強気に怒鳴り返しはしたが、ペロルは内心焦っていた。

わずか五体で魔法一発。計算では紅焔壁の魔法を千発使わないといけない計算である。

どう考えても、魔力が足りない。彼女の魔力が十倍あっても届かない。

やはり死霊の王と呼ばれる存在相手に、魔法勝負に持ち込むのは分が悪い。

それを理解しつつも、この戦術を崩すわけにはいかなかった。

斬り込んでも彼女なら時間を稼ぐことはできる。しかし、その場合は美弥と環奈の安全は確保できない。

その現実を押し隠しつつ、次の魔法の詠唱を始める。

周囲の炎の魔法で彼女は熱気に焙《あぶ》られている。だというのに、その背中には冷たい汗が流れていた。

「に、逃げた方がいいんじゃ？」

「ダメです」

美弥が恐怖に震えながらも、状況を打開しようとそう告げてくる。

だがペロルはその意見を即座に却下する。かろうじて攻勢を抑え込んでいる状況。しかしそれは、レイスロードが油断しているからだ。

二千の軍勢を率いているからこそ、いつでも仕留められるという余裕を持てている。

「アイツが一気に攻めてこないのは、わたしたちをいつでも倒せる余裕があるからです」

「え、なんで……？」

「死霊系の敵は大抵、悪趣味な性格をしています。残虐だったり、いたぶるのが好きだったり、絶望させるのが好みだったり」

「じゃあ……」

「はい。アイツはわたしたちをいたぶっているんです。わたしの魔力が尽きて、絶望し、泣いて叫んで命乞いをする。そんな展開を期待しているんです」

「そんな⁉」

「だから、抵抗している間は、一気にかかってきません。その余裕が、わたしたちの命綱なんです」

それに逃げたところで逃げ切れるはずもない。

相手は疲れ知らずのアンデッド。ここがどこかわからないが、こちらのスタミナ切れの方が早いに違いない。

それにレイスロードは肉体を持たない敵。

壁や床をすり抜け、ダンジョンをショートカットできるので、逃げ切れるとは思えなかった。

しかし、レイスロードは刀護の存在を知らない。その力も知らない。

だからこそ、こうして少しでも時間を稼ぐことが、逆転に繋《つな》がると信じられる。

逆に言えば魔力が切れれば一巻の終わりだ。

この戦いはペロルが粘り切るか、魔力が尽きるのが早いかの勝負である。

「ど、どれくらい持ちそう？」

「三十分は何とか。でも一時間はちょっと無理かも」

「この魔法、消費が激しいの？」

「はい、それなりに。通常のファイアウォールの火力強化版ですから。でもこれより弱い魔法だと、スケルトンは防げません」

ペロルの魔力量は、決して少なくはない。むしろ常人とは比較にならないほど多い。

それでも足りないほど、レイスロードの攻撃は激しい。

そもそも、並の人間ではレイスロードに立ち向かえるはずもない。それほどの難敵なのである。

何度も紅焔壁の魔法を再起動し、スケルトンの群れを押し返す。

「環奈さん、術の切れ目にスケルトンの頭を射抜いてください。それだけでも少しは押し返せます！」

「う、うん、わかった！」

「ほぅ、ついにそこの未熟者を動かすようになったか？　余裕が見られないぞ」

「う、うっさいと言ってるですよ！」

強がってみせたペロルだが、レイスロードの言う通り、すでに余裕など残されていなかった。

何度もの攻防を繰り返し、すでに三十分を超えて魔力の底も見えてきている。

ペロルの粘りもギリギリの局面に突入していた。

「ペロルちゃん、矢がもう……！」

「クッ――」

環奈の矢筒から、矢がすでになくなっていた。もはや彼女は戦力足りえない。

ペロルの魔力も、あと数発。稼げる時間も残りわずかとなっていた。

「――」

「そんな、もう……」

ペロルから打開策の言葉が返ってこなかったことで、すでに彼女の打つ手がなくなっていることを理解する。

その状況に環奈が絶望の声を漏らす。それはレイスロードの望んだ声でもあった。

「良いぞ。命乞いでもしてみるか？　ならばお前だけは見逃してやっても良いぞ？」

「そんなこと……するわけない、でしょ！」

逡巡《しゅんじゅん》を振り切るように、途切れ途切れの声で否定する。

わずかでも迷う自分の心を恥じるように。

紅焔壁の合間を縫って、スケルトンが飛びかかってくる。

その攻撃を美弥の鉄杖《てつじょう》が受け止め、撥《は》ね返した。

「まだよ！　まだ私がいるんだから！」

気丈にそう叫ぶが、杖を持つ手が震えていることを、ペロルは視界に捉えていた。

「美弥さん、これを環奈さんに！」

魔法の合間に、アダマンタイトの短剣を環奈に手渡す。

「こ、これは？」

「見ての通りの短剣です。でも頑丈さだけは折り紙付きなので、それで身を守ってください！」

「う、うん」

杖《つえ》は長さがあるので、美弥の方は大丈夫だと判断する。

しかし環奈の弓は、身を守る武器としてはいささか心もとない。

短剣も当たればスケルトンなど一撃で蹴散らせるシロモノだが、環奈には白兵戦の技能がない。

まさに身を守るためだけの気休めだ。

「それでも――っ！」

先の見えない未来に絶望する自分を励ますように、ペロルは目の前の現実を否定する。

続けざまに紅焔壁の魔法を放ち、敵の進撃を止める。

術と術の合間をすり抜けてきた相手には、美弥の杖と環奈の短剣で隙を補い、押し返す。

それでも限界はいずれやってくる。

絶望的な気分に陥りそうになった時、彼女の大きな耳は、低く響くような足音を聞きつけた。

重く、人間とは思えない、重厚な足音。それは彼女にとって聞き慣れた、最も頼りになる人の武器。

「大丈夫です、間に合いました！」

歓喜の声と共に、群れの奥の方のスケルトンが一斉に吹き飛んだ。

同時に炎の壁を飛び越えて、鉄の巨人が立ちはだかった。

「美弥、ペロル、環奈ちゃん、無事か!?」

「う、うん」

「平気です。でも、遅いですよ」

「悪い、まさか二十二層まで飛ばされているとは思わなかった」

鉄の巨人の背中には、待ちわびていた刀護の姿があった。

その姿を見て、美弥は溢《あふ》れる涙を堪《こら》えられなかった。

◇◆◇―◇◆◇

焦る感情をねじ伏せながら、俺はダンジョンの中を疾走していた。

とはいえゴーレムの背に乗っているわけだから、疲労はしない。だが時間と共に精神が摩耗していくのがわかる。

すでに階層は二十層を超えて、合流が間に合わないのではないかという不安に押し潰されそうになってくる。

それでも探すしかないと思い直し、ゴーレムの制御を続けていた。

この階層になると、美弥や環奈ちゃんは戦力にならない。ペロルがどれだけ頑張ってくれているかに期待するしかなかった。

「どこだ……美弥！　ペロル!?」

焦りから、無駄と知りつつも声を出し、叫んでしまう。

そんな俺の脳裏に、スケルトンの群れと炎の壁が映り込んだ。これはゴーレムの一体が見た視界の映像だ。

「見つけた！」

本人の姿を確認したわけではない。しかし、この階層にはスケルトンはいない。

少なくとも、これまで出会った敵の中にはいなかった。

そしてスケルトンと対立する存在も、少なくともこのダンジョンでは記憶にはない。

俺はゴーレムたちをそこに集結させる指示を出し、自身も全速力で駆け付ける。

ゴーレムだけでは遅い、自分の足でもまだ足りない。

だからこそ、俺は自分の四肢にゴーレムを纏《まと》わせ、外骨格のようにして疾走した。

先行して到着したゴーレムにスケルトンを薙《な》ぎ払わせ、一拍遅れて到着した俺は、炎の壁を飛び越える。

壁の内側には、ペロルたちの姿があった。

「美弥、ペロル、環奈ちゃん、無事か!?」

「う、うん」

「平気です。でも、遅いですよ」

「悪い、まさか二十二層まで飛ばされているとは思わなかった」

俺の言葉に、憎まれ口を返してくるペロル。三人に大きな怪我《けが》がないことを確認して、俺は安堵《あんど》の息を漏らす。

同時にゴーレムたちを俺の周囲に配置して、スケルトンの群れを牽制《けんせい》させた。

「何者だ？　無粋な真似《まね》をしてくれるものだな」

「ああ、なるほど、レイスロードか。ペロルが苦労するはずだ」

宙に浮かぶ男の影を見て、俺はその正体を見抜く。

大量の配下を呼び出すこのモンスターなら、ペロルの相性が悪くてもしかたない。

逆に俺との相性は最高に近い。

「随分と余裕ではないか。確かにゴーレムをこれだけ呼び出せる術者は希少ではあるが」

「そっちこそ、うちの妹と友人たちが世話になったようだな。その喧嘩《けんか》、懇切丁寧に買わせてもらうよ」

「虚勢もほどほどにするが良い。アイアンゴーレムをそれだけ制御できるのは大したものだが、我の制御するスケルトン二千には敵《かな》うまい」

現在、俺たちを守るゴーレムは百体程度。レイスロードの従えるスケルトンの軍勢とは比べ物にならない。

いかにゴーレムがスケルトンより勝るとはいえ、ざっと二十倍の戦力差は確かに厳しいだろう。

しかし……

「二千……？」

「さらに予備として、ここには三千の凶魂も用意してある。貴様一人増えたところで、勝ち目などあるまいよ」

「…………」

俺はその言葉を聞き、足元に視線をやる。そこには白い、骨の球体が散らばっていた。

これがスケルトンの触媒となる凶魂なのだろう。

しかし、だとするならば……

「なぜ残り三千も召喚しない？」

「なに？」

「総勢五千を繰り出せば、俺たちを一気に制圧できるだろう？　なぜしないと聞いているんだ」

「……それでは我が面白くないからな」

「嘘《うそ》つけ」

確かにペロル相手にいたぶるつもりはあったのだろう。

しかしそれならそれで二千も見せておく必要はない。五百ほど出して随時投入しても良かったはずだ。

むしろ五百という数で希望を持たせ、それから最大戦力の五千を見せつけて絶望させてもよかっただろう。

だというのにわざわざ中途半端な二千の兵力を見せつけ、その上で聞いてもいない予備兵力の存在までバラす。

つまりこいつは……

「つまり……お前の制御限界は二千体ってことか」

「それが、どうした？」

「制御数が自慢のようだが、そのまま放置するのはいただけない。そう言っているんだよ」

そう言うと同時に、ゴーレムの他にスケルトン——否、ボーンゴーレムを作り出す。

元々はレイスロードの用意した触媒だが、その制御権を俺が横取りしたのだ。

突然現れたボーンゴーレムに、レイスロードが驚愕《きょうがく》の声を上げる。

「ば、バカな！　触媒を奪い取っただと⁉」

「ほら、さっさと取り返さないと、どんどん増えるぞ？」

すでにボーンゴーレムだけで千体は奪い取った。そう話している間にも、俺の戦力は増え続け、奴《やつ》の予備兵力は消えていく。

その状況を察し、レイスロードは慌てて指令を出した。

「クッ、スケルトンどもよ、そこの男を殺せ！」

「もう遅い」

そうして残りの触媒を全て奪い取り、ボーンゴーレムへと変じさせる。

これは俺の魔力が、レイスロードのそれを遥《はる》かに上回るからこそできる力業《ちからわざ》だ。

「貴様、本当に人間か⁉」

「よくバケモノと呼ばれるけどな。少なくともお前よりは人間だよ」

通常、ゴーレムの制御は一人で二体も制御できればいい方だ。

大雑把《おおざつぱ》な命令を命じるだけならもっと制御できる者はいる。

だが、常に状況が変遷する戦場では、雑な命令だけでは戦力にならない。

変化する戦況に対応するためには、ゴーレムと感覚を共有し、その状況を適時把握する必要がある。

その限界点がおよそ二体ほどとされていた。

しかし俺はその限界を簡単に飛び越えている。

ここにある三千の触媒を奪い取るなどたやすく、俺は単独で魔王軍を押し返すほどの戦力を制御できていた。

それを見た魔王軍の魔将など、ことあるごとに俺のことをバケモノと呼んだものだ。

「それでは征《い》くぞ。蹂躙《じゅうりん》の時間だ」

俺の言葉に、三千のボーンゴーレムが進軍を開始する。

同時に俺は、纏っていたミスリルゴーレムの鎧《よろい》を解除し、両腕を覆う形の手甲《てっこう》として再構築する。

スケルトンとボーンゴーレムの戦闘力は、ほとんど変わらない。

同じ触媒から作られているのだから当然と言えば当然なのだが、違いと言えばゴーレムかアンデッドかくらいで、外見も戦闘力もほとんど変わらなかった。

結果として、骨同士の戦いは一対一では拮抗《きっこう》した状態になっていた。

しかし圧倒的に数が違う。

俺が奪い取った三千に対して、レイスロードの戦力は二千――いや、ペロルに大幅に削られ、千五百にも満たないかもしれない。

ペロルを甘く見て、予備兵力の投入を怠った結果だ。

「バカな！　そんなことがあり得るはずが!?」

「あり得ようとなかろうと、目の前の光景が真実ってわけだ。それもよく言われたよ」

戦闘力はほぼ同じだが、戦力差はほぼ二倍。スケルトンたちは見る見る駆逐されていき、その数を減らしていった。

「おのれ、人間風情が！」

レイスロードはそう叫ぶと、怒りに任せて魔法を解き放つ。

こちらのボーンゴーレムが数体まとめて吹き飛ばされてしまうが、それも全体から見れば雀《すずめ》の涙程度だ。

皮肉にも、ペロルと同じような状況に陥っている。

「おのれ、おのれ、おのれぇぇぇ！」

絶叫し、狂乱し、魔法を乱発するレイスロード。しかしこちらのスケルトンはまだ千体以上残っているため、痛くもかゆくもない。

むしろ骨の触媒を持ち歩くのは外聞が悪いため、処分を手伝ってもらっている気分になる。

それに吹き飛ばされた量も、せいぜい百体かそこら。全体から見ても趨勢《すうせい》に影響はない。

「次に嬲《なぶ》られるのは貴様だったな」

俺の言葉と共に、ボーンゴーレムが殺到する。

この数の暴力こそ、俺の力の真骨頂だ。過去の勇者たちは魔王軍の数の暴力に屈し、力尽きていった。

俺は逆に、数の暴力によって魔王軍を殲滅《せんめつ》したのである。

とはいえ、このままでは奴を倒すことはできない。

なぜなら、しょせん低級なボーンゴーレム『だけ』では『物理で殴る』ことしかできないからだ。

レイスロードは物理攻撃に高い耐性を持つため、魔法による攻撃が必要となる。

その切り札となり得るペロルは、どうやら魔力切れを起こしているらしい。

俺の後ろでこっそり魔力回復剤のポーションを口にしていた。

予測通りレイスロードに殺到したボーンゴーレムは問答無用で殴り掛かるが、その拳は素通りしてダメージを与えられていない。

レイスロードはその隙に宙に浮き上がり、攻撃を避《よ》けようとした。

その横っ面に、飛びかかった俺の拳が突き刺さる。

「ぐあっ⁉」

まるでアヒルの鳴き声のような悲鳴を上げ、肉体を持たぬはずのレイスロードが吹っ飛んでいった。

「な、なにが……？」

何が起きたのかわからず、レイスロードは地面にへたり込む。

霊体のくせに器用なものだ。

そんな奴の前に、俺は仁王立ちに立ち塞がった。

「なにもクソも、物理が効かないから魔法で殴ったんだよ」

俺が鎧型ゴーレムに包まれた右腕を突き出してみせる。

その拳は炎に包まれていた。

「貴様、魔術師だったのか」

「いんや、俺は錬金術師だ。現状、使える魔法は生活魔法だけだな」

「な、なら、これは――」

「ただのティンダーの魔法だよ。火種をつけるだけの魔法。だが魔法は魔法だ」

「ハ、ハァ!?」

ただのティンダーの魔法だけなら、ここまでダメージを与えられなかっただろう。

しかし俺が腕に纏《まと》わせたミスリルゴーレムは、現在の俺の切り札ともいえる。

ペロルのアイテムボックスに入っていたミスリルを触媒化し、ゴーレムとして動かしているのだ。

俺個人の腕力にミスリルゴーレムを強化外骨格として、その力を上乗せする。この形態は、俺の切り札の一つだった。

ミスリルは魔法への親和性が高い金属なので、こうして魔法を纏わせてやるとレイスロードのような霊体の敵にも、ダメージを与えることができる。

「ふざけるな、ティンダーだと!? よりにもよって、ティンダーだとォ!!」

生活魔法という、異世界では子供でも使える魔法でダメージを受けたことがプライドを傷つけたのか、レイスロードは怒りに震えて怒声を上げる。

だがこれも、俺の計算通りの反応だ。

「これが異世界だったら、普通に魔法も武器もあったんだがな。残念ながらここは日本だから、こんな魔法しかない。とはいえ、お前……ティンダーで狩られた初めてのレイスロードになるかもな?」

「貴様ァ!!」

俺の言葉に激高したレイスロードは立ち上がって襲い掛かってくる。

こうしてレイスロードを愚弄するのは、意図してのことだ。

なにせ奴は肉体を持たないので、その気になれば壁でも天井でもすり抜けて、この場から逃げることもできる。

もっともその場合、奴の力の源たるアンデッド召喚の触媒を置いていくことになってしまうので、大きく力が削《そ》がれる結果になってしまうが、命には代えられないはずだ。

だからこうして煽《あお》って怒り狂わせ、正常な判断をできなくさせた。

俺は襲い掛かってきたレイスロードを炎を纏った手で顔面を鷲摑《わしづか》みにし、地面に叩《たた》きつけた。

「グオォッ⁉」

「ティンダー」

怒りに藻掻《もが》くレイスロードを無視して、俺は背後へ魔法を飛ばす。

炎に包まれたボーンゴーレムたちが、再びレイスロードに襲い掛かっていく。

ボーンゴーレムの拳が俺を避け、取り押さえたレイスロードへと殺到する。

今まではダメージを与えられなかったが、ティンダーの魔法で燃える骨と化したゴーレムたちの拳は、レイスロードに通用する武器となっていた。

「ガッ、グガッ、お、おのれ⁉」

今回はダメージを与えられているため、苦痛の呻《うめ》きを上げるレイスロード。

しかし致命傷にはほど遠い。しょせんは火を付けるだけの魔法ゆえの悲しさだ。

だがそれでも、数があまりにも多かった。

「おのれ……この屈辱、忘れぬぞ！」

ここにきて、ようやく俺の数の暴力には敵《かな》わないと悟ったのか、レイスロードは魔力を暴力的に放出することでボーンゴーレムを吹き飛ばす。

魔法にもならない暴力的な魔力の直《じか》の放出。これだけの魔力を放出できるのは、さすがと言わざるを得ない。

押さえ込んでいた俺も、その圧力に押されて奴《やつ》を解放してしまう。

その隙を突いて、奴は逃走に移っていた。

ふわりと浮き上がって天井へと向かう。

おそらく天井をすり抜けて逃げるつもりなのだろう。

だがその判断は間違いだ。逃げるなら下に向かうべきだっただろう。

もっとも、下に移動した場合も、俺の剛腕から逃げることはできない。俺が床を砕いてダメージを与える可能性もあるのだから。

それを危惧して上に逃げたのは理解できる。

後方や横に逃げようにも、この広い空間では一足飛びに追い詰められてしまう。

結局のところ、奴は上に逃げるしかなかったのだ。

「ペロル！」

「はい！」

上空へ逃げたレイスロードに、俺は跳躍して組み付き、地面へと引き摺《ず》り落とす。

本来なら摑《つか》めない霊体でも、魔力伝導率の高いミスリルなら摑むことができる。

しかも俺の腕にはティンダーがかかったままなのだから、なおさらだ。

着地と共に腕の部分を地面に食い込ませ、レイスロードを床に固定する。と同時にミスリルゴーレムを除装。背後へと飛び退《の》いた。

こんな真似《まね》が一瞬でできるのも、ゴーレムゆえの利点だ。

俺は飛び退いたが、レイスロードは手甲《てっこう》によって引き倒されたままだ。

そこにペロルの攻撃魔法が、絶妙なタイミングで飛んでくる。

少しでも遅れれば、俺も巻き込まれる。そんな際どいタイミングで魔法が撃てるのも、異世界で一緒に戦い抜いた仲間だからこそのコンビネーションだ。

「【緋神爆焰衝】！」

美弥の杖《つえ》を構えたペロルが、渾身《こんしん》の爆炎魔法を放つ。

魔力の尽きていた彼女だが、俺が戦っている間に魔力回復剤を口にして、回復していた。

そうして回復させた魔力を使い、最後の力を振り絞って魔法を唱えたのだ。

本来ならば、それでも足りなかったのだが、そこは美弥の杖の魔石を利用して補ったらしい。

レイスロードのプライドを刺激して、こちらに敵意を向けさせることで、逃亡を阻止しつつ、ペロルの魔力回復の時間を稼いでいたのだ。

抜け殻となったミスリルゴーレムもろともレイスロードは、炎に包まれる。

「ギャアアァァァァァァァァァァァァァァァアアッッッ!!」

致命的な魔法の直撃を受け、レイスロードが断末魔の声を上げる。

押さえ込んだゴーレムごと巻き込んで魔法が撃てる。これもまた、ゴーレム使いの俺特有の戦術だ。

「絶望の声を上げるのは、あなただったようですね。ざまぁみろです」

魔力切れでふらふらになりながらも、ペロルは悪態を吐《つ》いてみせる。

よほどレイスロードが腹に据え兼ねたのだろう。彼女が敵にこんなことを口にするのは珍しい。

ふわふわの尻尾《しっぽ》をさらに膨らませ、鼻息荒くレイスロードを睨《にら》みつける姿は、威圧感よりも可愛《かわい》らしさが先に立つ。

可愛らしい見た目からえげつない魔法を使ってくるところが、ペロルの怖いところだ。

「変わりないようで安心したよ」

「むしろ成長を褒めてください。それより、魔石ですよ、魔石。肉体を持ってないくせに、おっきいですね」

「一応、魔王軍でも上位の魔将だったくらいだからな」

炎が鎮まりレイスロードが消滅した場所には、一抱えもありそうな魔石が転がっていた。

それは今の俺が必要としている大きさを充分に満たすサイズだった。

レイスロードが遺《のこ》した魔石は、床の間に飾っても見栄えがするくらいの巨大さで、それが奴の実力の高さを物語っている。

やはりペロル一人で美弥たちを守りきれたのは、レイスロードが彼女を甘く見ていたからだ。

せっかく有利な状況だったのに敵を甘く見て足を掬《すく》われるのは、高位不死者によくある展開と言えよう。

「これだけ大きな魔石なら、送還魔法を使うのに充分なんじゃないか？」

「はい。術式はすでにヴィータ様のものを見て覚えていますし、何とかなると思います」

一度見ただけのはずなのに、その術式を覚えてしまうのは、彼女が天才と称される所以《ゆえん》だろう。

もちろんその後も研鑽《けんさん》しているはずなので、天才と一言で括《くく》るのは、彼女に失礼だ。

「ここは見覚えがないので、この先にわたしがいた洞窟に繋《つな》がる『何か』があるかもしれませんね」

「一度戻らなくても大丈夫か？」

ペロルは魔力が尽きていて、それを手持ちの回復剤を使ってどうにか魔法を使っていた状態だ。

魔石の魔力を送還魔法に使うことを考えれば、彼女の魔法はこの先計算に入れられない。

それを心配しての発言だったが、ペロルは力強く首を振った。

「大丈夫です。送還魔法の魔力はこの魔石を使いますし、この先に敵がいる可能性も低いですから」

「……ああ、そうか」

ここまでレイスロードが上がってきたということは、途中にいるモンスターは奴が排除してきた可能性がある。

ダンジョン内のモンスターは、その階層にいるモンスター以外は全て敵とみなして襲い掛かってくる。

レイスロードが自分のいた階層より上まで上がってきたのなら、その途中のモンスターは奴が始末しているはずだ。

レイスロードがこの階層のモンスターという可能性もあるが……その時はここまでの敵はアイアンゴーレムが排除しているはずである。

美弥と環奈ちゃんはゴーレムたちに守ってもらえば、それほどの危険はないと思われた。

「この階層までは俺が、ここから先はレイスロードが敵を掃討してしまっている可能性が高いから、だな」

ペロルはともかく、美弥と環奈ちゃんはペロルの言葉の意味を理解できずにいたので、あえて口にして説明する。

俺の言葉を聞いて、二人は納得したという表情を浮かべた。

そしてペロルの言葉通り、一層下に降りたところで、転移用らしき魔法陣を見つけた。

「これか？」

「多分、そうですね」

転移魔法陣であることをペロルに確認し、俺はゴーレムを先行させる。

ゴーレムの視界は俺と連動しているため、向こうの様子を知ることができる。ただし、次元とか時間が同じ場合に関しては。

「向こうは……明らかに様子が違う洞窟だな」

「わたしは見えないからわかりませんけど……」

「俺が先行して安全を確保してくるから、後から続いてついてきてくれ」

「はい」

神妙な顔の三人を置いて、俺は転移魔法陣に乗る。

一瞬の輝きの後、周囲は薄暗い洞窟へと変化していた。

俺が安全を確認している美弥、環奈ちゃん、最後にペロルが続いてくる。ペロルが最後なのは、殿《しんがり》を務めるためだ。

「ここで間違いないか?」

「はい、ここです。ここでヴィータ様は……」

ペロルはそこまで言って涙ぐむ。アクアヴィータ姫との別れを思い出したのだろう。

「安心しろ。ちゃんと助けて戻ってくるから」

「それなんですけど……」

ここでペロルは、言いにくそうに言葉を濁した。

この救出作戦に何か不安があるのかと、彼女を見つめる。

ペロルも俺の意図に気付いて、思い切って言葉を続けた。

「トーゴ様にはいくつかの選択肢があります」

「選択肢？」

「はい。一つはヴィータ様を諦め、このまま戻る選択」

「あり得ないな」

そもそも、そんなつもりだったなら、ここまで来てはいない。

「そうでしょうね。二つ目はヴィータ様だけを救って、現代に戻る選択」

「それが目的じゃないのか？」

「他にもあります。例えば……過去のアトラティカ王国全てを救ってしまう選択とか」

「全てを救う……」

ペロルが気にしているのは、いわゆるタイムパラドックスというやつだ。

アクアヴィータ姫のみならず、アトラティカの国民全てを救うということは、現王家を打倒するということ。

そうすれば、核融合の魔法実験など行われず、アトラティカ王国――ひいてはアトランティス大陸の存続に繋がる。

俺だって異世界でずっと孤独だったわけではない。

アクアヴィータ姫以外にも、助けたい人たちはたくさんいる。いや、いた。

「それは……」

その選択に、俺も言葉を窮する。

できるなら、国ごと救ってやりたい思いはある。しかしそれは、今の世界を改変することに繋がる。

アトランティス大陸が『ない』世界が、『ある』世界に変化してしまうからだ。

そうなると、現在がどう変化するのか、まったく予想できない。

下手《へた》をすれば、美弥や環奈ちゃんがいない世界になる可能性だってあった。

「ひょっとしてアクアヴィータ姫を助けても、タイムパラドックスは起きるのか？」

「それは……多分起きないと思います。この洞窟内で、誰にも知られず氷漬けになっている限りは」

「そういえば、ペロルがそうして現代に来たんだったな」

「はい。誰にも認識されず、氷漬けでいる限りにおいて、わたしは『いないも同然』の存在でしたから」

ペロルの時間は、あの時間から現代まで、完全に空白となっている。

ここに封じられていたペロルの存在自体、アクアヴィータ姫しか知らないため、正に

『いないも同然』という状態だった。

だからこそ、変な世界改変が起きなかったのかもしれない。

アクアヴィータ姫一人を助けるなら、おそらくペロルと同じように影響は少なく済むはずだ。

しかし、国全体となると……

「危険……過ぎるよな」

「はい。世界がどうなるか、わたしにもわかりません。ただでさえ、この世界は魔力というものが消え去っています」

「その原因は俺もわかんないんだよなぁ。魔法らしきものを使う人たちは何人も伝えられているけど」

安倍晴明《あべのせいめい》とか役小角《えんのおづぬ》とか、歴史に名を遺す術者は数多くいる。

直近では戦時中に宗教組織が敵国の指導者に呪殺を仕掛けたという都市伝説もある。

しかし、国際迷宮管理組合が提供する探索者カードには、魔力という項目はない。

「魔力が消えた原因はわかりませんが、アトラティカ王国が存続するなら、魔力の消滅に関しては何らかの影響が出るはずです」

「確かに、な」

世界を守るという観点で言うなら、アクアヴィータ姫ですら連れてくるのは危険を伴う。

しかしそれでは、俺の目的を投げ捨てることになってしまう。

彼女を見捨てるなど、俺としてはやりたくない。

アクアヴィータ姫を連れ帰ることは確定だ。しかしそれ以外の人たちに関しては……

「わからない。正直、助けられるなら助けたいとは思ってる」

「はい、トーゴ様なら、そうでしょうね」

「だけど……」

そこで俺は再び黙り込む。

沈黙する俺の背中を押してくれたのは、美弥だった。

「とりあえず、お姫様を助けるのは確定なんでしょ？　なら行ってから考えてみたら？」

「美弥？」

「実際にさ、そこで助けるべきか、そうでないかを見て、今の日本と比べて、どっちを助けるかって考えれば、踏ん切りがつくんじゃないかなって」

「……それもそうか」

現地に行けば、きっと助ける方に天秤《てんびん》が傾く。

しかし、それをこの一か月以上過ごした日本と、美弥や環奈ちゃんと比較して、どちらを選ぶか考える。

ここで悩んでいてもしかたないという美弥の言葉は、確かに正しい。

「わかった。ペロル、送還の準備をしてくれるか？」

「はい。でもその前に……」

「ん？」

ニヤリとペロルは年頃の少女にあるまじき、邪悪な笑みを浮かべた。

「トーゴ様、向こうについたら全裸ですよ？」

「そういえばそうだった!?」

こっちに俺が戻ってきた時、装備は全て置いてきてしまった。いや、最初に異世界に行った時も、向こうでは全裸になってしまっていた。

最初に出会った時のアクアヴィータ姫の赤面した顔は今でも思い出せる。

そして、その直後に飛んできたかかと落としの威力も。

ともあれ、送還の魔法では、俺に付随するアイテム類は送ることができない。

ならば……向こうで真っ先にやらねばならないのは、衣服の調達だ。

何も持っていけないのは事実なので、知らされたから何かできるというわけではないが、心構えができるだけでも大きく違う。

「嫌なことを思い出させてくれたな！」

「むしろそのシーンに立ち会えないのが、残念でしかたありません」

「くそっ、お前そういうのがなかったら本当に可愛《かわい》いのに！」

「失礼な。わたしはそれも込みで可愛いのです」

胸を張るペロルの頭を軽く小突き、送還の魔法の準備をさせる。

さすがにアクアヴィータ姫ほどの手際の良さはないため、準備に時間がかかっていた。

「戻ってくる時は送還魔法か、わたしと同じように凍結の魔法で時間を超えてください」

「ああ、どちらもヴィータ様が使える魔法だよな」

「魔力に関しては、トーゴ様が残していったアイテム類をヴィータ様も所持していますから、それで代用できるはずです」

「わかった。伝えておく」

魔法を使うのはアクアヴィータ姫だから、俺は軽く答えておく。

そしてペロルの魔法が完成し、視界が光に染まっていった。

その向こうには、心配そうな視線を向けてくる、美弥と環奈ちゃんの姿。

俺は二人を安心させるため、軽く手を振っておく。

そして光が消えると共に視界が暗転し……時間を飛び越えたのだった。

終章　勇者の帰還

目の前で消えた刀護《とうご》を見送り、ペロルは拳を小さく握りしめた。

その仕草に気が付いた美弥《みや》は、心配そうに彼女に尋ねる。

「どうかした？　まさか失敗したとか？」

「え、いいえ、術はきちんと成功しました。おそらくわたしが凍結された直後くらいに飛んだと思います」

「そう、よかった」

胸を撫《な》で下ろす美弥を背に、刀護が残していった服や装備を集め始めるペロル。

それを見て、環奈《かんな》も手伝い始めた。

「あ、これ貰《もら》っちゃってもいいですか？」

「ダメです。パンツはわたしのです」

「あんたたち、何言ってんの……」

深刻な雰囲気に耐え兼ねたのか冗談を飛ばす環奈に、ペロルはさらに冗談で返す。

いや、意外と真剣な目に、先手を取った環奈の方がやや引いてしまっていた。

「それより、お兄ちゃんはどうやって帰ってくるの？」

「おそらく、ヴィータ様の送還魔法を両者にかけるとか、わたしと同じように凍結魔法で時間を超えるとかでしょうね」

「じゃあ、問題なく帰ってこれるのね？」

「はい。心配です？」

「そりゃあ……」

刀護が八年も異世界に行っていたことを思い出し、不安に駆られる美弥。

その感情を把握したペロルは、美弥の背中を軽く叩《たた》いて励ます。

本来は肩に手を置きたかったが、身長が足りなかったのだ。

「すでに戻ってきているかもしれませんし」

「え、もう？」

「といっても、過去の世界で何年も経《た》っているかもしれませんが」

「あ、帰ってきたらお爺《じい》ちゃんってことも？」

「まぁ、その可能性もあるかもしれません」

深刻な顔のペロルに、美弥は絶望した表情を浮かべる。

刀護は八年前に異世界に行き、八年をそこで過ごし、転移から八年後に戻ってきた。

つまり向こうで過ごした時間と同じだけ、こちらも時間が経過する。召喚と送還の魔法には、そういった因果関係が含まれているのかもしれない。

泣きそうな顔になった美弥に、ペロルは慌てて手を振って、発言を否定する。

「も、もちろん、そんなに遅くなるとは思いませんよ！　だってトーゴ様はほぼ単身で魔王軍を撃滅できる人なんですから」

「確かにあの力、すごかったけど……」

「そもそも魔王を倒せなかった人類の中で、トーゴ様は魔王を倒した上に魔王が召喚した魔神まで倒しちゃったんですよ？　敵なんていないレベルでぶっちぎりなんです」

「いつもの刀護さんを見てると、信じられないくらいの偉業ですねぇ」

「偉ぶらないところがカッコイイですよね」

「あれは単に天然と鈍感を併発してるだけのような……」

絶賛するペロルと環奈に、美弥は渋い顔で否定する。

昔から外面を取り繕わない性格だったし、マイペースな性格ゆえに他者の影響を受けることも少なかった。

美弥は幼いながらも、そんな兄のことは強く記憶していた。

「トーゴ様のゴーレム軍なら、対抗できる国なんてありません。無事戻ってくるのは確実です」

「まぁ、それなら安心かな」

「問題は送還魔法で戻ってくるなら、相応の時間が経過してしまうことです。ここで待っていてもしかたないかと」

「さすがにそんなに早くないか」

「ですが、氷結魔法で戻ってくる場合、すでにどこかに魔石化した氷塊があるはずですので、それを見つけて解除しないと」

「え、じゃあ探さないと！」

環奈が拳を握って周囲を見回す。周囲に何もないのはわかっていたが、気が急《せ》いてしまっていた。

その様子を見て、ペロルが小さく笑う。あの様子では、どちらが年下かわからない。

「そんなにすぐ見つかるはずないですよ」

「でもでも……あっ!?」

「あ？」

環奈が突然、目を見開いて壁の一点を見つめる。

その視線の先を追ったペロルも、同様に目を見開いた。

転移魔法陣を挟んだ部屋の隅。光の届かないその一角に、水晶のような石が埋まっているように見えた。

まるで周囲の岩が成長して水晶を呑《の》み込んだかのような形で、わずかな一片だけが表に出ている状況。

先ほどまでそこにあったのかどうか記憶にも定かではないほど、小さな欠片《かけら》が顔を覗《のぞ》かせていた。

「ま、魔石？」

「いえ、あれは……魔石化した氷です！」

そう言うと氷に駆け寄り、埋まった部分を掘り出そうとする。

幸い、刀護が残していったバールがあるので、壁を掘るには苦労しない。

美弥と環奈も同様に駆け寄って手持ちの道具で壁を掘り始めた。

ほどなくして、壁から巨大な魔石が掘り出される。

青白く光を放つ魔石の内部は窺《うかが》い知れないが、確かに中心付近に何かの影が見える。

「トーゴ様！」

掘り出した氷にペロルが縋《すが》るように手を添えると、氷に亀裂が走り、粉々に砕け散る。

奇《く》しくもそれは、刀護がペロルの時にしたのと同じような行動だった。

砕け散った氷の中から刀護ともう一人の姿が現れる。

ペロルは正面に倒れてきた刀護の身体《からだ》を支え、もう一人の方に視線を向けた。

そちらの人影は、氷が砕けると同時に意識を取り戻したのか、自力で足を踏ん張り、よろめきながらも立っていた。

腕の中の刀護は、ペロルの見知った服を纏《まと》っている。

しかし彼女が見慣れたその服は瞬く間に朽ち果てていく。

そして持ちこたえたその人物を見て、ペロルは彼の目的の達成を悟った。

「ヴィータ様!!」

刀護を床に横たえ、現れた銀髪の美女に飛びつく。

レイスロード戦では気丈に振る舞っていた彼女が、ボロボロと涙を流し、泣きじゃくっていた。

「ペロル……」

美女――アクアヴィータ姫はペロルの身体を受け止め、その肩を優しく抱き留める。

そして彼女の頭を下げさせ、腰に手を添えた。

「せぇい！」

そしてペロルのその前で強く踏み込み、腰の回転だけで拳を突き出す。

いわゆる寸勁《すんけい》という、接近戦で使う打撃技だ。

「ふぎゃあああああぁぅ!?」

「あなたは！　誰がトーゴ様を呼び戻せと言いましたかっ!?」

そう言うと全裸のまま仁王立ちに立ち上がり、腕を組んでペロルを見据える。

しかし喰《く》らったペロルはそれどころではない。腰を押さえて床を転げ回り、挙句の果てに美少女にあるまじき虹を口から放出する羽目になっていた。

「おろろろろ……い、痛いですぅ」

アクアヴィータ姫は地面にうずくまって嗚咽《おえつ》するペロルの背に手を当て、柔らかな光で彼女を包む。

「治癒魔法をかけてくれるなら、最初から殴らないでくださいよぅ」

「だまらっしゃい。私はあなたに『生きろ』と言ったんですよ。なぜトーゴ様を呼び戻してくるんです」

「だ、だって、そうしないと……」

「あなたの気持ちは嬉《うれ》しいですが……無理をしたんじゃないですか？」

そう言って今度は優しくペロルの頭を撫でる。

その視線は愛《いと》しい妹を見つめるような、優しい目だった。

「ヴィータ様ぁ」

「おかげで私も生き延びることができたわ。本当にありがとう。トーゴ様には迷惑かけたけど」

「迷惑なんて、思ってないけどな」

ムクリと身体を起こして、刀護は頭を掻《か》く。ペロルと違って、二人はかなり早く目を覚ましていた。

これは二人の体力がペロルよりも遥《はる》かに高いからだろう。

刀護の目覚めを知って、美弥は素早くアクアヴィータに毛布を掛ける。

彼女たちが着ていた服は、魔石から出た瞬間に朽ち果ててしまっていたからだ。

「おっとと……これ羽織ってください。それと、お兄ちゃん、起きたのね」

「ああ、心配かけたな」

立ち上がった刀護の顎には髭《ひげ》がうっすらと生えていた。

それが彼が異世界にいた時間を物語っている。

ペロルが少し名残惜しそうな顔をしつつも、刀護に毛布を差し出す。視線がやや下に向かっていたことには気付かないふりをした刀護だった。

毛布を羽織りつつ、髭が気になるのか軽く顎を撫《な》でてから、美弥の頭に手を置く。

「お兄ちゃん、向こうにはどれくらいいたの？」

「ん？　ああ、アクアヴィータ姫を確保して、それからどうするか話し合ってな。ひと月くらい向こうにいたんだ」

「ひと月も……でも、今回は同じ時間経過はなかったわよね？」

「それは凍結魔法で時を超えたからだな。送還だと召喚されたのと同じ時間を飛ぶんだが、凍結魔法の場合はずっと止まったままい続けることになるからな」

「つまり、私が気付かなかっただけで、お兄ちゃんたちはずっとここにいたってこと？」

「そうなるかな」

美弥と話す刀護を見て、アクアヴィータ姫がペロルを引き剝がして歩み寄る。

「あなたが美弥さんですか？」

「え、ええ、はい」

「今日からお世話になります、アクアヴィータ・アトラティカと申します」

「あ、宗像《むなかた》美弥です、よろしくお願いします！」

「佐藤《さとう》環奈です！」

ぺこりとお辞儀をした銀髪美女に、慌てて頭を下げ返す二人。

美弥が宗像と名乗ったことに、刀護は小さくショックを受けているようだった。

二人の様子を見て、アクアヴィータはふわりと微笑《ほほえ》む。

「可愛《かわい》らしい方々ね。トーゴ様が帰りたがったわけがわかるわ」

「まぁ、な。それより、さすがに秘密にはできなくなってくるよなぁ」

「秘密？」

「ああ」

一人だけなら、まだどうにか隠し続けることもできただろう。

しかしアクアヴィータは人目を惹《ひ》く銀髪を持つ美女だ。ペロルに至っては狐《きつね》耳と尻尾《しっぽ》がある。

それに、それだけが理由ではない。

「まぁ、実はな……」

そこで刀護は異世界でのひと月の事情を話し始めた。

「まず、過去に戻った俺はヴィータ様と合流して、今後どうするかを話し合ったんだ」

「未来……っていうか、現代が変わっちゃうかもしれないからね」

「そうだ。で、結果非情ではあるが大陸を見捨てる決断をした」

「それは……つらい決断ですよね」

「ああ、そうだね」

悲しそうな眼《め》をする環奈に、刀護は軽く笑みを向けてみせる。

その眼には『大丈夫だ』という意思が宿っていた。

「まぁ、美弥たちに会えなくなるかもしれない、ペロルと再会できなくなるかもしれないと思うと、難しい判断だったよ」

「うん、わかる」

「なんとかヴィータ様を説得して、それでも『少しでも救ってほしい』という人を集めて、彼女の意見と意思を尊重して……」

「ま、まさかお兄ちゃん……⁉」

「うん。この近くに百名ほど、凍結魔法を施して埋めておいた」

「なんてこと⁉　じゃあ、この辺に異世界の人が埋まってるの？」

「まぁ、そうなる」

とはいえ、百人程度という数を凍らせて埋めるのに、かなりの時間を要してしまった。

ゴーレムを扱える刀護だからこそできた、力業《ちからわざ》と言えよう。

「で、まぁ、それだけの人数を受け入れるには……」

「さすがに秘密には、できないですよね」

「そう。ペロルもヴィータ様も、この通り目立つ風貌だし、いっそ公表した方がいいかなって」

「問題、あるんじゃないですか？」

「そりゃあ、あるだろうけど」

「そこはトーゴ様の能力を秘密にすることで、何とかごまかそうということになりまして」

「ゴーレムを操る能力？」

「それ以外にもありますが」

アクアヴィータは力強く頷《うなず》く。異世界ですら、刀護の能力は権力者に目を付けられていた。

ならば、現代ではもっと脅威に感じられるはずである。

「トーゴ様には、ダンジョン発生の際に過去という異世界に渡り、そこで私たちと知り合い、我が国の末路を知って対策を取った、という形にしていただこうかと」

「大丈夫、なのかな？」

「不安ではあります。でも、せっかく生き延びたわけですし、どうにか足掻《あが》いてみようかと思います」

フンと力こぶを作るポーズをしてみせるアクアヴィータ。その腕は白く細く、とても荒事に向いているように見えない。

しかしその腕で先ほど、ペロルに寸勁を決めるほどのパワーを発揮したことは、その場の誰もが目にしていた。

「あー、担当の人を殴っちゃだめですよ、姫様」

「そんなことしませんよ！」

「さっきペロルに……」

「あ、あれはその場の勢いってやつで⁉」

顔を赤くして手で隠す銀髪美女の姿は、非常に眼福である。

その場にいた誰もがそう思ったのだが、唯一美弥だけはそんな自分の感情に気付き、微妙な顔をしてみせた。

せっかく戻ってきた兄が取られてしまった。そんな印象を抱いたからだった。

間章

異変を知る者たち

「今度はゴーレムの大量発生だと⁉」

迷宮管理課で高橋《たかはし》の絶叫が響いたのは、その日の昼過ぎの出来事だった。

ちょうど自衛隊の三島《みしま》に任務完了の報告をし、労をねぎらうべく、食事に誘っていた最中の話だ。

相方の田中の報告に、驚きのあまり席を立つ。

同席していた三島も、興味深そうに話に耳をそばだてていた。

「はい。ですがゴーレムは探索者に手出しすることなく、下層へと向かったそうです」

「手出し、しない？」

「そうなんです。攻撃を仕掛ければ反撃してきますが、探索者にとどめを刺すこともなく先を急いでいた様子だったそうなんです」

「なんだ、それは……そんな話は聞いたことがない」

通常、ダンジョン内のモンスターというのは、命がけで抵抗してくる。

探索者が敗北すれば、当然のごとくとどめを刺してくる。敗北した冒険者はもちろん命はない。

しかし今回のゴーレムは探索者に反撃こそすれ、命を奪うことはしなかった。

「に、しても……スケルトンに続いて、今度はゴーレムですか」

「それも木製や土製ではなく鉄製のゴーレムです。上層や中層に出入りしている探索者では、荷が重いでしょう」

ダンジョン内の深さは、まったく先が見えない状況だ。

なので便宜上、十層までを上層、十一層から二十層までを中層と呼んでいる。

それ以降は深層と統一され、現在は二十一層まで探索が進んでいた。

「三島さん――」

「わたしたちでも多少苦戦する相手です。もちろん、倒せないとは言いません。ですが大量発生となると……」

「難しいですか？」

「正直。ですが命令とあれば、全力で当たらせていただきます」

「申し訳ありません。一応要請は出しておくことにします」

三島に直接命令を下せるのは自衛隊の上層部である。

世界のダンジョンを管理する国際迷宮管理組合と厚生労働省に所属する高橋は、日本政府に要請を出して自衛隊を動かすことはできる。

しかしあくまで自衛隊の指揮権は日本政府にある。

なので高橋は、いったん日本政府に要請を出すワンクッションが必要になってしまう。

「了解しました。高橋さんの立場では、そうせざるを得ないでしょうね」

「ご理解いただいて感謝します」

スケルトンよりも遥《はる》かに強敵の大量発生。スケルトンですら、数でかかられるとあれほどの危険があった。

アイアンゴーレムが相手となると、無事で済まない可能性が非常に高くなる。

その事実は高橋も三島も把握している。だからこそ、高橋は申し訳なさそうに謝罪していた。

たとえ危険だとしても、この状況を収めるには三島に頼らざるを得ないのが、現状だった。

「それにしても……スケルトンの大量発生にゴーレムか……」

ふと、三島の脳裏に夏目《なつめ》と名乗る探索者の姿がよぎる。

1レベルと名乗っており、高橋に実際に確認してもらったところ、その申告に間違いはないらしい。

しかし……

「あれが1レベル、ね。今回の騒動に関わりがあるんじゃないかな？」

「夏目さんですか？」

「ええ」

「彼は……まぁ、いろいろと事情がある人物でして」

「でしょうね。彼が普通の探索者とは思えませんでしたから」

スケルトンの襲撃にも立ち会った疑惑の多い男。今回の件に関わっていないかと疑われるのも無理はなかった。

「なんにせよ、面白いことになりそうな予感はしますね。部隊に準備させてきます」

ニヤリと、いつもの紳士的な笑みとは違う猛獣のような笑みを浮かべて、三島は席を立ったのだった。

番外編

勇者と姫の出会い

「私は反対です！」

会議室に響く年若い少女の声。

その声には怒りの感情すら含まれていた。

しかし会議に参加していた年配の男たちは、少女の声に反対の言葉を上げる。

「アクアヴィータ様、あなたはこの国の未来を支えるお方。そのような感情任せな判断を下されては困りますな」

「ですが勇者とはいえ、異界の人間です。こちらの都合で強引に呼びつけ、戦わせようなどと――」

「国を支えるとは、いかに少ない犠牲で大きな利益を上げるかということ。この場合、一人を犠牲にして我が国の危機を救うのです」

「そうそう。しかもこの国の人間ではない。いや、この世界の人間ですらないのですよ？」

「被害はないも同然。それとも姫は、まだ見ぬ一人のために数千、数万の国民を犠牲にせよと？」

「そ、そこまでは……」

反論する言葉の中には、あからさまに侮蔑を込めた声まであった。

現在国王唯一の子供である彼女は、いずれ王配を迎えることになる。

しかしそれは、あくまで王妃としての立場であり、女王になるわけではない。

女性の権利があまり認められないが故の、扱いの悪さと言えよう。

「ですが、召還魔法を使うにはまだ魔力が……王都の巨大魔石に魔力が貯《た》まっていないはずです」

感情論で論破することはできないと悟り、技術的な方面での反論に切り替えたアクアヴィータ。

王都には世界から魔力を吸い上げ、貯蓄する巨大な魔石がある。

しかしその魔力は五十年ほど前の勇者召喚で使いつくされ、まだ半分ほどしか回復していなかった。

勇者召喚の儀式で使う魔力は個人ではとても賄いきれないため、魔石の補助が必要となる。

技術的な不可能を提示し、勇者召喚を断念させようとしたアクアヴィータだったが、大臣たちの心にはまったく響かなかったらしい。

「確かに。巨大魔石の魔力は半分ほど。召喚の魔力には遠く及びません」

「なら――」

アクアヴィータの顔に喜色が浮かぶ。魔力がなければ、儀式は成功しない。

いかに彼らが勇者召喚を行いたくとも、できないものはできない。

「ですが、そこは私に秘策があります」

「秘策？」

「ええ。これまでは魔王軍に攻め込まれ、勇者の力で押し返す。何百年も繰り返されたこの戦いに倦《う》んでいるのは魔王も同じ」

「そうでしょうね」

「この膠着《こうちゃく》した状況を打開するため、魔王は魔神の召喚を画策しているという情報を入手しました」

「魔神を!?　大変ではないですか！」

魔神。この世界において、存在するだけで世界を滅ぼすとされる、伝説の存在。

しかしそれは、勇者とて同じこと。

人が勇者を呼べるのなら、魔王が魔神を呼び出せてもおかしくはない。

「そこで私は魔王の召喚儀式に合わせて勇者召喚を行い、魔王の魔力を利用して魔神召喚を妨害しつつ勇者召喚を行う策を提案いたします」

「なんと、そのようなことが⁉」

「もしできれば、魔王の力を利用していくらでも異界の者を呼び出せますぞ」

「画期的な作戦ですな。して、具体的な内容をぜひ教えていただきたい！」

議場は一気に盛り上がる。

魔王の力を利用し、妨害と召喚を同時に行う。そのアイデアに酔いしれた大臣たちが口々に騒ぎ立てる。

その中でアクアヴィータは一人、顔を青ざめさせていた。

確かに魔神の妨害を行うのは絶対条件となるだろう。そのためならば、如何《いか》ようにも力を貸そうと考えている。

しかし同時に勇者召喚を行うということは、魔王が魔神を呼ぼうとするたびに異界の犠牲者が増えるということになる。

それはさすがに見過ごせない、そう考えていた。

「し、しかし、魔王の魔力を奪うなど、そのような術式、聞いたことがありません！」

「私の密偵をすでに送り込んでおります。彼らの命を代償に魔王領から魔石への魔力路を開き、こちらに転送する術式を敷くことができるのです」

「それでは生贄《いけにえ》をささげるのと変わりないではないですか！」

「魔神を召喚されるよりは、被害は少ないですよ」

自国にはなんの被害も及ばない。その提案に、一同のテンションはもはや限界を突破していた。

彼らにアクアヴィータの声を聞き入れる耳は、すでにない。

それは議場の長《おさ》である国王もまた、同じ状態だった。

「決を採る。大臣の策に賛成の者は挙手せよ」

それ以上の反論を許さぬ国王の言葉に、アクアヴィータは完全に発言権を失ってしまう。

そして五日後、アクアヴィータは何もできないまま召喚の儀を迎えたのだった。

アトラティカ王城の地下に設置された、召喚の間。

召喚の魔法陣に魔力がすさまじい勢いで流れ込んでいくのを、アクアヴィータは眺めていた。

この場に彼女がいるのは、彼女が国内でも有数の次元魔法の使い手だったからだ。

目の前の魔法陣に魔力が流れ込んでいくということは、魔王が召喚魔法を行い、そして密偵の命が失われたということ。

その事実を悲しむ人間が一人もいないことに、彼女は空恐ろしい気分で立ち尽くしていた。

「さぁ、アクアヴィータ様、魔力はこの通り満ち溢《あふ》れております。今ならば歴代でも最高の勇者を召喚できることでしょう」

大臣の言葉は歓喜に満ち、アクアヴィータのような悲しみの感情は感じられない。

だが悲しみに暮れている場合ではない。

魔王はさまざまな魔法に通じている。この魔法の妨害にもすぐに気付くはずだ。

この魔力を使って召喚しないことには、密偵たちの犠牲が無駄になってしまう。

召喚される者には申し訳ないと思うが、大臣の言う通りここで召喚を行わねば多くの犠牲が出るだろう。

「……いきます」

心を決め、召喚魔法を行使する。

瞬く間に自身の魔力は枯渇し、巨大魔石と魔法陣に流れ込んでくる魔力を代用して魔法を起動した。

室内にまばゆい光が満ち溢れ、術の成功を確信する。

「うわあああああぁぁぁぁ……ぐげっ⁉」

光が消えると同時に、天井から男が一人落ちてきた。

いや、天井付近に現れたというべきか。

男、いや少年は受け身も取れず頭から地面に激突し、くの字に折れたまま呻《うめ》いている。

おかげで彼の尻は術者であるアクアヴィータの方に突き出された状態にあった。

「あっ、ててて……何が起こった……」

状況を理解できず呻く少年。しかしアクアヴィータはそれどころではなかった。

なぜなら少年はなぜか服を着ておらず、全裸の状態だったからだ。

つまり丸見えである。しかもアクアヴィータからは、見えてはいけないものまでくっきりと。

「き、きき……きゃあああああああああああああっっっ‼」

乙女《おとめ》の恥じらいから、日頃の彼女ではあり得ないほどの悲鳴を上げる。

「な、なにごと――」

突然聞こえてきた少女の悲鳴に、少年は動揺の声を上げて立ち上がる。

直後、アクアヴィータの足が、少年の頭上から叩《たた》き落とされた。

「こ、これ……かかと、落とし……？」

少年——夏目刀護《なつめとうご》が異世界で初めて目にしたのは、ドレス姿の美少女によるド派手な蹴り技だったのだ。

目を覚ました刀護は、視界いっぱいに広がる美少女の姿に、思わず悲鳴を上げてしまった。

「うひょあ⁉」

「あ、目が覚めましたか？」

視界を埋める銀髪美少女の顔面は、女性経験皆無の刀護にとって、非常に心臓に悪いビジュアルだった。

おかげで情けない声を上げたわけだが、それは彼女にとって、あまり悪い印象にはならなかったようだ。

小さく笑みを浮かべてから音もなくスッと立ち上がり、優雅に一礼してみせる。

「驚かせてしまってごめんなさい。私はアトラティカ王国第一王女、アクアヴィータ・アトラティカと申します」

「あっ、あ、えと、俺……いや、僕？　夏目刀護って言います！　あ、刀護が名前で、夏目が姓です」

「ナツメ様ですね。どうぞよろしくお願いします」

ふわりと微笑《ほほえ》む生粋の令嬢の姿に刀護の心拍数は跳ね上がる。

確か気絶する前に彼女からかかと落としを喰《く》らったような記憶もあるし、聞いたこともない国名が気になりはしたが、そんなことはどうでもいいくらい、動揺していた。

刀護より少し年上っぽく見えたのも、また彼の嗜好《しこう》に直撃していた。

妹とクラスメイトくらいしか女性と触れ合った経験のない刀護では、あまりにも格の違う相手だった。

「今回のこと、非常に申し訳なく思っているのですが……」

悲しげに眉を顰《ひそ》め、憂いの表情を浮かべる彼女に、ようやく刀護は自分の状況を悟る。

「そうだ、そういえば俺はどうして……」

「あなたは勇者召喚の儀式で呼び出されてしまったのです。詳しいことは後ほど、説明があると思いますが」

「そう、なん……え？　勇者？」

ゲームや漫画のような単語の出現に、刀護は目を白黒させる。

そんな刀護を見てアクアヴィータは再び頭を深々と下げた。

「本当にごめんなさい。あなたの意向を汲《く》まず、召喚することになってしまって」

「そんな！　別に君が悪いわけじゃないんでしょ？」

「それが……召喚の儀式は私が行ったので、私が悪いんです」

「ええ？」

召喚自体には反対していたが、結局押し切られて儀式を行ったことを、アクアヴィータは悔いていた。

そんな事情を知らない刀護は、憂う彼女に見惚《みと》れていた。

後に大臣たちから事情を知らされ、怒り狂うことになるのだが、それでも彼女に怒りを抱くことはできなかった刀護である。

これが、『孤軍万勢』と呼ばれた勇者夏目刀護と、英雄姫アクアヴィータの出会いだった。

あとがき

皆様、お久しぶりです。鏑木《かぶらぎ》ハルカです。

この度は『魔神殺しの帰還勇者、現代ダンジョンでも無双する』を手に取っていただき、ありがとうございます。

一年振りの新作になります今作、なんと……TS物じゃありません！

いや、私がTSばかり書いているからなのですけど、どういうわけか普通の作品を書くと読者からの感想に『TSじゃないのか』とか、担当様から『TSにしましょうよ』という無言（めっちゃ有言）の圧を受けた結果、ついやってしまうのです。

いやいや、実際書くのは私なので、楽しんで書いているんですけどね！


ともあれ、今作は最近増えてきた現代ダンジョン物に初挑戦という形になります。

よく考えれば現代を舞台にした話も、初めてですね。

こういった舞台だと、現代兵器がダンジョンに通用しない理由を考えないといけないので、少し説明臭くなってしまうところもありますが、そこは『そういうものだ』と考え、お付き合いいただければと思います。

今作、最後にいろいろとやらかしておりますが、この先の展開も一応きちんと考えておりまして、ここから『現代日本に異世界を作る』という流れに持っていきたいですね。日本は無人島も多く、そういった島に橋をかけても良いですし、山奥などに村落を作っても良いでしょう。

そういう意味では日本ほど閉鎖的な環境を作れる国は珍しいかもしれません。問題があるとすれば、私の書く主人公はどこかポンコツになってしまうことですかね？

まぁ、何とかなるでしょう！　きっと……。

それでは最後に、今作においてとてもカッコ良く、そして可愛《かわい》いイラストを提供していただいたトモゼロ先生に感謝の言葉を。

そして今作の企画を進めていただいたＫＡＤＯＫＡＷＡの皆様にも、同様に感謝いたします。

なによりも、手に取っていただいた皆様に最大の感謝を捧《ささ》げつつ、締めさせていただきます。

また次巻でお会いできますことを。

鏑木ハルカ

魔神殺《まじんごろ》しの帰還勇者《きかんゆうしゃ》、現代《げんだい》ダンジョンでも無双《むそう》する

著　鏑木《かぶらぎ》ハルカ

角川スニーカー文庫　24518
2025年2月1日　初版発行

発行者　山下直久
発　行　株式会社KADOKAWA
〒102-8177 東京都千代田区富士見2-13-3
電話　0570-002-301（ナビダイヤル）

印刷所　株式会社暁印刷
製本所　本間製本株式会社

Printed in Japan　ISBN 978-4-04-115747-3　C0193

★ご意見、ご感想をお送りください★
〒102-8177 東京都千代田区富士見 2-13-3
株式会社KADOKAWA　角川スニーカー文庫編集部気付
「鏑木ハルカ」先生「トモゼロ」先生